AF143340

Mickael Robert

Les divisions de la joie

Première partie

1997

© 2021, Mickael Robert
Édition : BoD – Books on Demand,
12/14 rond-point des Champs-Élysées, 75008 Paris
Impression : BoD - Books on Demand, Norderstedt, Allemagne
ISBN: 9782322268931
Dépôt légal : Juin 2021

Chapitre 1

La fin d'une époque

Été 1997. Un été doux. Un de ceux où le ciel est suffisamment clair et bleu pour pouvoir sortir léger, mais où la chaleur nous laisse libre de tout mouvement sans nous assommer. Et en ce vendredi 27 juin, il fut préférable pour la plupart des ados de pouvoir courir sans le poids du soleil sur leur dos. Libre de courir vers la liberté. Libre de ne plus subir la dictature du réveil pour aller au bahut. La liberté des vacances. Ils couraient presque tous vers les grilles comme si quelque chose les poursuivait. Comme si le principal risquait de les attraper avant qu'ils aient franchi cette grille, ce qui les condamnerait à passer l'été au lycée Saint-Exupéry.

Se frayant un chemin parmi ce troupeau affolé, Amy courait aussi vite qu'elle le pouvait. Malgré la multitude d'ados dans ce courant qui semblait ne jamais s'arrêter, il était relativement facile de la repérer. Une flamboyante chevelure rousse qui se détachait des communes et tristes couleurs du reste de ses camarades. Une tache de vie et de désordre dans cet océan banal. Enfin arrivée à hauteur de cette grille libératrice, elle s'arrêta net et se retourna. Se glissant sur le côté afin de se détacher de la marée humaine, elle observa le lycée. Ses bâtiments. Son terrain de foot où il lui arrivait de regarder les garçons jouer. Ses bancs le long du seul point de verdure où elle avait passé du temps à parler de garçons et de shopping. À écouter sur son Discman les albums de Oasis, The Verve, Blur et toute cette Britpop qu'elle adore. Son immense statue de Saint-Exupéry sous laquelle elle avait eu son premier baiser. Elle s'égara un instant dans ses souvenirs baignés de nostalgie. Elle n'aurait jamais cru que quitter définitivement ce lycée pouvait lui faire ressentir une forme de tristesse. Elle se trouvait même ridicule. Passer ses journées à traîner des pieds pour ne pas aller au lycée pour se retrouver à avoir un pincement au cœur au moment de le quitter définitivement. Les paradoxes de la vie. Elle resta pourtant debout à contempler le lieu qui aura abrité ses joies et ses peines au cours de ces quatre dernières années lorsqu'une voix derrière elle la sortie de ses souvenirs.

– Ne me dis pas que tu vas regretter ce bahut ?

En se retournant Amy vit que cette voix qui l'avait brutalement sortie de ses pensées et qu'elle n'avait pas reconnu sur le moment était celle de Zach. Avec lui, Matt, Eléa et Alice, ils formaient ce qu'Amy apparentait le plus à une famille. "Les fossiles". C'est comme ça que les autres élèves du lycée avaient baptisé leur petit groupe. On les appelait comme ça à cause de leur amour pour le passé. Amy et les autres n'étaient pas du tout partisans du "c'était mieux avant" mais ils étaient de nature très curieuse et le passé les intriguait énormément. Eléa disait souvent que le présent n'est que l'enfant du passé et qu'il faut d'abord apprendre d'où l'on vient avant de savoir où l'on va. Sinon, c'est comme vouloir apprendre à courir avant même de savoir marcher.

Malgré ça, "les fossiles" aimaient leur époque. Comme tous les ados de leur âge, ils étaient fans de Jurassic Park, Usual Suspect et Pulp Fiction. Ils avaient été en douce au cinéma pour découvrir Seven. Ils avaient pleuré devant la mort de Mufasa dans le Roi Lion. Amy et Eléa étaient tombées amoureuses de Léonardo Di Caprio en le découvrant dans Roméo + Juliette. Ils étaient accros au Central Perk et à toute la bande de Friends. Mais ils se passionnaient aussi pour les vieux films. Ils avaient vu plusieurs fois les grands classiques de Hitchcock, de Chaplin ou de Franck Capra. Ils n'hésitaient pas à conseiller aux élèves de Saint Exupéry de regarder 12 hommes en colère ou Le Parrain. En ayant toujours la même réponse en retour qui était une combinaison entre un regard à la fois moqueur et hautain et cette phrase qu'ils avaient si souvent entendu : "Dégage avec tes trucs de vieux le fossile". "Les fossiles" aimaient le son de leur génération. Ils écoutaient en boucle Radiohead, Portishead, Nirvana et bons nombres d'autres artistes bien encrés dans cette époque. Mais ils vouaient un culte aux "disques à papa" comme disait Matt. Fleetwood Mac, David Bowie, Bruce Springsteen et bien sûr les Beatles. Ils se retrouvaient chez Matt pour écouter la collection de vinyles de son père et s'ouvraient à tout un horizon de découverte. Ils étaient amoureux de la vie en général. Peu importe le temps, peu importe l'époque.

  – Non, répondit Amy...Enfin peut-être. Je ne sais pas. Ca me fait bizarre de me dire que je ne reviendrais plus ici.

  – Moi je peux déclarer haut et fort qu'aujourd'hui est le plus beau jour de ma vie. Enfin jusqu'au jour où j'aurais réussi à coucher avec Clara Berkhof.

  – Alors quelque chose me dit que ce 27 juin 1997 restera la plus belle journée de ta vie pendant très longtemps.

— Tu as trop de jalousie en toi répondit Zach avec un grand sourire. Je sais que secrètement, tu as toujours eu envie de moi.

— Tu sais bien que les causes perdues ont toujours été ma passion.

— Bon, dit Zach en ayant perdu tout sourire, je peux savoir ce qui va tant te manquer ici ?

— Tout. Même ce que je déteste le plus ici.   C'est une page qui se tourne. Une partie de notre vie se termine ici et maintenant. Et avec ce qu'il s'est passé pendant cette dernière année, c'est encore plus difficile de tourner cette page et de commencer un nouveau chapitre.

— Justement. Avec tout ça, je suis encore plus heureux de partir d'ici. Surtout après ces examens interminables. Ça nous fera du bien de passer à autre chose. Ça nous aidera à oublier.

– On ne pourra jamais oublier ça Zach.

– Alors on va devoir apprendre à vivre avec.

Ils restèrent silencieux un instant. Perdu l'un et l'autre dans des souvenirs qu'ils ne devraient pas avoir à leur âge. Zach brisa le silence le premier.

– Bon. Allons y ou on va encore rater le bus.

– On n'attends pas les autres ?

– Ils sont déjà partis. Grosse soirée ce soir chez Matt. Ses parents lui laissent la maison pour fêter la fin du lycée sans même attendre les résultats des examens. Ça sent l'excès de confiance si tu veux mon avis. Du coup, ils sont chez lui pour préparer la fête.

– Et ils avaient besoin de tout un après-midi pour ça. Une fête avec nous ça se résume à boire de la bière sans alcool et jouer au poker en vous écoutant massacrer "Champagne Supernova" ou "Wonderwall".

– C'est notre vision d'une soirée réussie effectivement, répondit Zach avec un grand sourire.

– Je passe mon tour pour cette fois.

– Tu plaisantes, j'espère ?

– J'ai pas la tête à m'amuser ce soir. J'ai juste envie de rentrer. Mon père m'a acheté "Ok Computer" ce matin. Je vais m'allonger sur mon lit et me laisser porter par la voix de Thom York.

– Et te laisser porter pas la déprime oui. Radiohead c'est pas conseillé dans ton état. Tu as besoin de te vider la tête. Tu as besoin de voir du monde. Viens avec nous ce soir s'il te plaît. Fais moi confiance, tu vas t'amuser.

Même si elle n'avait vraiment aucune envie de se rendre à cette fête, Amy ne savait pas dire non. Elle ne compte plus le nombre de soirées perdues dans l'ennui ou d'après-midi ruinés à rendre des services aussi fatigants qu'inutiles. Avec le temps, elle avait fini par se dire que ce blocage du mot non était probablement en lien avec un autre de ses problèmes. Son besoin de plaire. Amy avait au fond d'elle un irrépressible besoin d'être aimée. Elle voulait être certaine que les gens auraient d'elle l'image de la fille pleine de qualités, souriante et toujours prête à rendre service. Encore une fois, à cet instant précis, Amy savait que l'absence du mot non dans son vocabulaire allait la conduire droit à cette soirée qu'elle aurait préféré éviter. Autant ne pas perdre inutilement du temps et rendre les armes tout de suite se dit-elle.

– C'est d'accord. Je viens.

– Je savais que tu finirais par dire oui , répondit Zach avec un air triomphant.

– Mais je ne resterai pas longtemps.

– Si tu veux. Ne t'inquiète pas, on va passer une très bonne soirée.

Amy espérait que les paroles de son ami soient vraies. Mais le doute en elle était plus fort que tout.

*

Durant le trajet de bus et les quelques minutes de marche qui l'emmenèrent jusqu'à chez elle, Amy était restée silencieuse et absente. Comme détaché de l'excitation que ressentaient les autres élèves à l'aube des vacances d'été. Il n'y avait qu'elle, ses pensées et la voix de Richard Ashcroft qui chantait "Bitter sweet symphony" dans ses écouteurs. Devant sa porte d'entrée, elle hésita un instant à faire demi-tour et à marcher sans destination particulière, mais en se laissant porter par ses jambes. En pilotage automatique. Aussi bien du corps que de l'esprit. S'enfermer dans sa chambre et ne plus penser à rien étaient les seules choses qu'elle désirait vraiment. Mais avant ça, il lui faudra passer devant les gardiens de son temple de la tranquillité. Franck et Justine, ses parents. Elle n'avait pas réellement de rapports conflictuels avec eux. En tout cas pas plus que n'importe quel adolescent qui considère qu'être interdit de sortir un soir ou que de se faire confisquer sa chaîne hi-fi est une cause suffisante pour acquérir les statuts de martyrs et d'incompris. Amy était même plutôt heureuse. Sans vivre dans l'opulence, elle n'avait jamais manqué de rien. Mais ces sept derniers mois, parler avec ses parents lui demandait un effort qu'elle n'était pas toujours prête à faire. Aujourd'hui, elle ne savait pas encore si elle en aurait la force et le seul moyen d'en être certaine était d'entrer dans cette maison. Se jeter dans la gueule du loup.

Amy prit une profonde inspiration et entra en étant décidée à prendre sur elle quoi qu'il arrive et à faire bonne figure. Après tout, elle allait passer ses deux mois de vacances avec eux et son frère, alors autant démarrer dans les meilleures conditions. En entrant dans la maison, Amy entendit du bruit dans la cuisine. Des bruits de verre, la porte du frigo qui s'ouvre et se ferme plus que nécessaire, le son presque envoûtant de l'eau qui bout sur le feu. Des bruits tout à fait communs pour cette pièce. Un son couvrait malgré tout les autres. Le son d'une voix au ton doux et rassurant sortant d'un haut-parleur qui contrebalance avec les mots qu'elle prononce. L'animatrice de la station de radio locale était en train d'annoncer les dernières informations lorsque Amy entra dans la cuisine.

" *Ce soir, c'est le début des vacances scolaires . Certains élèves sont bien sûr toujours dans l'attente des résultats des examens, mais ils pourront profiter des premiers rayons de soleil de l'été. Et pour certains, cette trêve sera bénéfique. Notamment pour les élèves du lycée Saint Exupéry qui, on s'en souvient tous, ont du faire face en décembre dernier au suicide d'une de leur camarade ce qui bouleversa...*"

En voyant Amy entrer dans la cuisine, Justine coupa la radio.
– Je suis désolée ma puce, dit-elle à Amy.
– C'est rien maman t'inquiète pas.
– Comment tu vas ? Comment s'est passé ta dernière journée ?
– Bien

– J'imagine que tu es contente d'être en vacances et d'être libérée des examens.

– Oui.

Amy ouvrit le frigo qui était aussi froid que cette conversation et prit la bouteille de lait. Elle se servit un grand verre et se tourna vers son père après avoir rangé la bouteille.

– Y'a une fête chez Matt ce soir pour fêter les vacances.

– Il y a une question derrière cette phrase ou tu souhaites simplement nous informer de l'emploi du temps de nos voisins ? répondit Franck avec son air moqueur qui avait la particularité de faire rire autant que d'agacer Amy et sa mère.

– Il y a une question.

– Si ta mère est d'accord je le suis aussi.

– Tu sais papa tu as le droit d'imposer ton avis par moment, se moqua Amy.

– Il y a bien longtemps que j'ai renoncé à donner mon avis dans cette maison, rétorqua Franck toujours avec ce fameux air moqueur. Parce que si on m'avait écouté, tu ne serais pas là et à la place j'aurais un chien beaucoup plus affectueux que toi.

– C'est toujours un plaisir de parler avec toi.

– Tu peux aller à ta fête ma puce, dit Justine. Tu l'as bien mérité. Mais ne rentre pas trop tard s'il te plaît. Tu sais que je m'inquiète.

– Maman, Matt habite la rue d'à côté. En trois minutes, je suis rentré. Ne t'en fais pas.

– Amy s'il te plaît.

– Ok promis je ne rentrerai pas tard.

– Merci.

Chapitre 2

Le coeur à la défaite

De la musique assourdissante, de l'alcool, des jeux à boire qui finissent immanquablement par de la nudité, des expériences sexuelles et de multiples vomissements. C'est l'image que l'on se fait généralement d'une fête de jeunes adolescents fraîchement sortie du lycée et s'apprêtant à vivre une des plus importantes transitions de leur vie . Mais une fête organisée par "les fossiles" avait une tout autre allure. La musique était bien présente, mais loin d'être assourdissante et de bien meilleure qualité. L'alcool était là aussi mais jamais au-delà d'une ou deux bières. Ce sont les seules choses dans la liste des clichés des fêtes d'étudiants que l'on peut retrouver lors d'une fête organisée par Matt. Le reste est un mélange de discussions, de poker, de jeux vidéo ou de séances de cinéma dans la cave aménagée de ses parents. Mais ce soir le caractère un peu particulier de la fête avait poussé Matt à essayer d'ouvrir les portes de l'antre du groupe et d'inviter d'autres élèves à se joindre à eux. C'était bien entendu un flot de refus qui lui était tombé dessus. Il avait commencé les préparatifs tôt dans la journée. Rien de tape à l'oeil non plus, mais bien plus qu'à l'accoutumé. Les invitations avaient été lancées pour 19h. En regardant sa montre parlante - l'un des gadgets les plus insupportables des années 90 - Matt se rendit compte qu'il lui restait un peu de temps pour préparer cette soirée à laquelle il donnait plus d'importance qu'il ne voulait se l'avouer. Alice était restée avec lui tout l'après-midi pour l'aider dans ces préparatifs. Une fois leurs tâches achevées avec une bonne heure d'avance, elle prit du recul afin d'observer le résultat.

— T'es sûr qu'on en fait pas un tout petit peu trop là ? interrogea Alice. Ça ne nous ressemble pas tout ça. Des ballons, des banderoles, des jeux de lumières alors qu'on ne danse jamais. C'est quand même excessif.

— Non justement. C'est la dernière grosse soirée, il faut marquer le coup.

— On aura tout l'été pour refaire des soirées, tu sais.

— J'en suis pas certain. On va tous partir en vacances avec nos parents. Au mieux, on aura deux petites semaines pour pouvoir se croiser les uns les autres. Et après, il faudra qu'on prépare la rentrée et chacun de notre côté. On va commencer à prendre des chemins différents. Je ne dis pas qu'on ne se verra plus jamais, mais... Et si ça n'était plus jamais comme avant ? On a réussi à tenir malgré les événements de ces derniers mois. Ca nous a soudés encore plus. Ça nous a fait grandir, peut-être un peu trop vite même. Mais je ne suis pas sûr qu'on puisse résister au temps.

– Ca ne sera plus comme avant, c'est certain Matt. Mais ça ne veut pas dire que c'est une mauvaise chose. Je te promets que notre groupe tiendra bon. On a affronté beaucoup de choses et on affrontera la suite ensemble. Même si on se perd de vue un instant, on finira toujours par se retrouver.

– Merci. J'avais besoin d'entendre ça.

*

A 19h précise le reste du groupe avait rejoint le lieu de la fête. "Les fossiles" étaient réunis et prêts à profiter de leur dernière soirée avant un long moment. Dans le salon Zach et Amy se battaient pour savoir quelle chanson mettre après Oasis pendant qu'Alice préparait les cartes et les jetons pour une partie de poker. Matt était en cuisine et s'appliquait à mettre des bougies sur un gâteau.

— Pourquoi tu t'obstines à mettre des bougies sur ce gâteau alors que tu sais qu'elle ne les soufflera pas ?

Matt sursauta en entendant la voix derrière lui. Il se retourna et vit Eléa regardant le gâteau au-dessus de son épaule.

— Ne refais plus jamais ça.

— Plus quoi ?

— Arrivé derrière moi sans prévenir.

— Désolé. Je ferais attention à l'avenir.

– Je ne sais même pas pourquoi tu es là ?

– C'est la dernière fête des fossiles avant un moment. Tu ne crois quand même pas que j'allais la manquer ?

– Tu vois très bien ce que je veux dire.

– Je n'allais pas me priver de cette fête juste parce que tu as décidé de me faire la gueule. Et si je suis là, c'est à cause de toi donc ne viens pas me le reprocher.

– Je ne te reproche rien. Pardon. Ça fait du bien de te voir.

Ils échangèrent un regard qui, pour ceux qui savaient lire entre les lignes, laissait entrevoir le lien qui les unissait. Tous les deux et le reste du groupe.

– Alors ? reprit Eléa. Pourquoi tu continues à mettre ces satanées bougies ?

— Parce que c'est un gâteau d'anniversaire. Et sur un gâteau d'anniversaire, on met des bougies.

— Pas sur les siens. Et c'est même pas son anniversaire en plus. Tu as deux semaines d'avance.

— Je sais.

Matt prit le gâteau dans ses mains et se dirigea vers le salon. Eléa le suivit tout en continuant ses commentaires.

— Je t'aurais prévenu. Ne viens pas te plaindre si elle te balance ton gâteau et tes bougies au visage.

— J'aimerais profiter du fait que l'on soit tous réunis pour fêter un événement, dit Matt sans prêter attention aux commentaires de son amie. Je sais que ce n'est que dans deux semaines, mais à ce moment-là on sera tous partis en vacances.

En voyant le gâteau Amy se leva d'un bond oubliant immédiatement le conflit musical qui l'opposait à Zach.

— Non, non, non.

– Bon anniversaire en avance Amy, dit Matt avec un grand sourire plein d'appréhension.

– Oh la grosse erreur, s'exclama Zach.

– Tu aimes vivre dangereusement toi, enchaîna Alice.

Tous regardèrent Amy avec un mélange de tension et d'apaisement. Cet instant ne dura que quelques secondes, mais ils le ressentirent tous comme d'interminables heures. Puis Amy mit fin à ce flottement.

– Merci Matt. Merci à tous, dit-elle en allant prendre le gâteau des mains de Matt.

– Vraiment ? dit Zach sans cacher sa surprise.

– Oui, répondit Amy. C'est très gentil. Et Matt a raison, on n'aura peut-être pas l'occasion de fêter mon anniversaire à nos retours de vacances alors profitons en ce soir.

– Un commentaire ? dit Matt en se tournant vers Elèa avec un grand sourire.

Pour seule réponse, elle se contenta de lever les épaules en l'air accompagnée d'une petite mou.

"Les fossiles" se mirent tous autour du gâteau les yeux tournés vers Amy.

– N'y pensez même pas. Je veux bien faire un effort pour fêter mon anniversaire en avance, mais je ne soufflerai pas ces bougies.

Des grands sourires se dessinaient sur toutes les têtes à l'exception de celle de Matt. Ils étaient amusés par la situation qu'ils avaient vu venir.

– Mais pourquoi nom de dieu ? Pourquoi tu refuses de souffler tes bougies à chacun de tes anniversaires ? Je ne comprendrais jamais.

– Tu le sais très bien Matt, je l'ai déjà expliqué. C'est peut-être idiot à tes yeux mais c'est comme ça que je le vois. Si je souffle les bougies, j'aurai vraiment l'impression de vieillir. Si je les souffle, je confirme le temps qui passe. Eteindre ces bougies, c'est éteindre l'année qui vient de se consumer. Alors je préfère les laisser brûler lentement.

– Tu te prends beaucoup trop la tête pour quelqu'un qui aura 17 ans dans deux semaines, dit Zach.

– Je sais, mais ces bougies resteront allumées.

– Jusqu'à ce qu'elles s'éteignent toutes seuls, reprit Matt

– Oui. Jusqu'à ce qu'elles s'éteignent toutes seules.

– On peut trinquer au moins ? dit Alice en commençant à remplir les verres.

– Oui ça on peut, répondit Amy avec un grand sourire.

– Alors à ton anniversaire et à nous.

Ce toast donnait le coup d'envoi de cette soirée. Les verres se remplissaient aussi vite qu'ils se vidaient pendant que les bougies se consumaient comme un sablier qui une fois écoulé sonnerait le moment de pouvoir enfin déguster ce gâteau. Ou peut être le moment de tourner une page.

Chapitre 3

Vérité

Après une partie de Poker qui vit comme presque à chaque fois triomphé Alice, le moment était enfin venu de déguster le gâteau. Amy alla chercher un couteau et découpa les parts de ce fraisier. Matt et Zach furent les premiers à se jeter dessus.

– Vous manger chez vous ou c'est juste que c'est meilleur chez les autres ? dit Amy aux garçons

– J'oublie le fait de m'être fait voler tout mon argent de poche en noyant ma peine dans la pâtisserie, répondit Matt.

– Voler ? Comment ça voler ? J'ai gagné honnêtement.

— Honnêtement ! C'est toi qui le dis. Tu gagnes à chaque fois, je suis sûr qu'il y a un truc.

— Oui y'a un truc j'avoue.

— Ah tu vois. Et c'est quoi ?

— Le talent mon grand. Le talent.

Fière de sa répartie, Alice alla ranger la mallette de poker et prit à son tour du gâteau. Matt regarda Zach l'air blasé et déçu de n'avoir pas su quoi répondre en retour. Il sortit un paquet de cigarettes de sa poche et en alluma une.

— Non tu te fous de nous là. On t'a déjà dit d'arrêter avec cette connerie, dit Zach.

— Je fais ce que je peux ok. Si tu crois que c'est facile d'arrêter comme ça. Et avec tout ce qu'il y a eu ces derniers temps ça me fait du bien de fumer. Ça me détend.

— C'est plutôt à cause de ce qu'il y a eu que tu as commencé à fumer. Ça ne te fait pas du bien, mais c'est plutôt la seule chose que tu as trouvé pour oublier ou je ne sais quoi, répondit Amy.

– Te punir.

Après les mots d'Alice le silence s'installa. Un malaise allait prendre place avant qu'Amy ne brise la glace.

– Bon soit on trouve un truc à faire soit je vous abandonne parce que je suis crevée.

– Le jeu de la bouteille.

– On n'a plus 11 ans Matt. Si personne n'a une meilleure idée, je vais aller retrouver mon lit.

– Non attends, reprit Matt en retenant Amy. C'est notre dernière soirée tous ensemble tu ne...

– Probablement notre dernière soirée tous ensemble, corrigea Amy en le coupant. Ce n'est pas une certitude.

– Ok, c'est probablement notre dernière soirée tous ensemble, dit Matt en faisant le signe des guillemets sur le mot probablement. Donc ne pars pas maintenant. S'il te plaît.

Matt regarda Amy les yeux pleins de supplication et elle n'eut encore une fois pas la force de lui dire non.

– Je reste si tu trouves un truc sympa à faire.

– Action ou vérité, intervient Zach.

– Super c'est vrai que c'est beaucoup plus mature que le jeu de la bouteille.

– Ca m'évite au moins de courir le risque d'avoir la nausée à l'idée de mettre mes lèvres sur celle de Matt donc je vote pour l'action ou vérité, dit Alice.

– Merci, très sympa.

– Personne ne me demande mon avis mais je ne suis pas vraiment pour, dit Eléa.

– On s'en serait douté, répondit Matt.

Ils s'installèrent en cercle et Alice se lança à poser la première question.

– Matt, action ou vérité ?

– On va commencer en douceur. Vérité.

– Tu as vraiment embrassé Elise Marrait en cours de sport ?

– Non non non. On a juste un peu...

Après un petit silence voyant que Matt ne trouverait pas d'excuse pour finir sa phrase, Zach vint à son secours.

– Un smack. C'était juste un smack. J'étais là et je peux vous assurer que ce n'était que ça.

– Tu as smacker Elise "pustules" Marrait ? dit Amy

– Oh arrête, elle n'a pas autant de boutons qu'on le dit. C'est même très discret.

– Oui c'est sûr que coller à ses lèvres, tu n'as plus la même perception.

– Bon on enchaîne, répondit Matt gêner. Zach s'il te plaît.

– D'accord. Amy ?

– Vérité.

– Si tu devais sortir avec l'un de nous, dit il en montrant du doigt Matt et lui même, ça serait lequel ?

– Et bien, répondit Amy en prenant son temps pour faire languir les garçons, je pense que je choisirai... Alice.

Les deux garçons se regardent à la fois déçus et ravis de cette réponse.

– Rien que pour voir les têtes que vous faites encore plus longtemps, je suis prête à accepter, dit Alice en rigolant.

– C'est marrant, je t'aurais plus vu avec Eléa, enchaîna Zach.

– Moi aussi, répondit Eléa qui était restée assise sur le canapé en retrait du jeu.

Cette remarque provoqua un immense malaise où personne n'osait regarder l'autre dans les yeux. Après quelques secondes de silence pesant qui parurent durer une éternité Matt brisa la glace.

– Je choisis action. Faites vous
plaisir.

Chapitre 4

Des coups au coeur

– Bon tu te décides ou pas ? dit Alice

– Je sais pas. On ne devrait pas y aller.

– Et pourquoi ?

– Parce que c'est interdit. Regarde sous l'affiche, répondit Zach en montrant du doigt un écriteau. C'est écrit interdit au moins de 18 ans.

– C'est pas la première fois qu'on fait ça, intervient Matt.

– Moi si. En général, j'évite d'être là quand vous faites des trucs comme ça.

– Et c'est pour ça que ta vie est d'un ennui mortel, reprit Alice. Viens avec nous. De toute façon, maintenant que tu es là autant venir.

– Aller mon pote. Tout le monde en parle de ce film. Tu as autant envie de le voir que nous.

– Bon ok. Mais seulement parce que je sais qu'on ne nous laissera pas rentrer.

– Combien tu paries ? dit Alice en se dirigeant vers le guichet avec son habituelle assurance.

Les deux autres lui emboîtèrent le pas. Alice sortit son porte monnaie et se mit dans la queue. Zach et Matt la suivaient de près.

– Ca ne vous fait pas bizarre d'être ici qu'à trois. Habituellement, on y va seulement quand toute la bande est disponible, dit Zach.

– C'est les vacances. On savait très bien que cette année ça serait difficile d'être tous ensemble.

– Je sais. N'empêche que ça fait quand même bizarre.

– Bon, donnez-moi votre argent, je prendrai nos places. C'est plus sûr si c'est moi qui parle.

Alice récupéra l'argent et le trio arriva face au caissier.

– Bonjour, trois places pour Scream s'il vous plaît.

Le caissier regarda avec attention le trio devant lui. Zach se sentait comme un voleur sur le banc des accusés en attente de son jugement. Matt lui paraissait indifférent. Alice n'avait aucune crainte et son assurance leur permettrait peut-être de passer le gardien des fauteuils rouges. Après un temps d'hésitation, le caissier finit par demander 120 francs à Alice en se demandant quels parents pouvaient bien laisser ses enfants aller au cinéma sans même se préoccuper de ce qu'ils pouvaient bien aller voir. Mais il finit par se dire qu'après tout ça n'était pas les siens et qu'il n'était pas payé assez cher pour en plus s'occuper de refaire l'éducation des gamins de la ville. Alice donna l'argent et récupéra les places.

– Tu vois c'était facile, dit-elle à Zach en lui donnant sa place.

– Parle pour toi. J'ai cru que j'allais me pisser dessus.

– En parlant de ça je vous retrouve à l'intérieur, dit Matt en récupérant sa place dans les mains d'Alice. Faut que j'aille aux toilettes. Prenez des bonnes places surtout.

– Tiens mais je rêve ou les fossiles sont de sortie ?

En entendant la voix, les trois "fossiles" eurent un moment d'arrêt. Matt se retourna le premier pour voir ce qu'il savait déjà. La voix qui venait de les interpeller était celle de Jérémie Aubin. Il était, comme toujours, accompagné de sa bande. Nicolas, Alexis, Vincent et Kevin. Les cinq

personnes que "les fossiles"
détestaient le plus au monde.

– Qu'est-ce que vous faites là ?
Vous n'êtes pas enfermé dans votre
cave normalement à cette heure là ?
Nous imposer votre vision dans un
lieu public pendant les vacances,
c'est criminel.

– Fais très attention à ce que tu dis,
répondit Alice. Choisis bien tes mots.

– Oh mais c'est exactement ce que
je fais miss clocharde.

– Ferme là tout de suite si tu veux
pas que je m'occupe de toi, intervient
Matt.

– Calme-toi le puceau, dit Nicolas. Tu
crois vraiment nous faire peur ?

– Et puis je n'ai rien dit qui ne soit
pas vrai. Tu vis bien chez tes
grand-parents parce que tes parents
se sont fait jeter de chez eux non ?
Donc, techniquement, tu es bien une
clocharde.

— Sérieusement Jérémie ferme là si tu veux pas manger avec une paille les prochaines semaines, dit Zach en se mettant devant la bande à Jérémie, l'air aussi menaçant que possible.

— Voyez-vous ça. Même le bébé fossile se rebelle. Pourtant, tu es plus un suiveur toi.

— Laisser tomber les gars. Ils n'en valent pas la peine. Allons voir notre film.

Alice avait dit ça autant pour Matt et Zach que pour essayer de s'en persuader elle-même. Le trio prit la direction de la salle qui diffuse leur film, bien décidé à ne pas leur prêter attention plus longtemps.

— Mais au fait vous êtes que trois ? Amy et Eléa ne sont pas avec vous ?

Le trio s'arrêta net et un malaise s'installa avant que Jérémie reprenne.

— Oops désolé, je crois que j'ai fait une bourde, dit-il avec un air à la fois moqueur et hautain.

Il s'apprêtait à dire autre chose, mais fut interrompu par Matt qui lui sauta dessus. Jérémie se retrouva allongé sur le sol bloqué par Matt et avait juste eu le temps d'apercevoir son poing levé, prêt à s'abattre sur lui, avant de sentir la douleur s'emparer de son visage. Une fois. Puis une autre. Et encore un autre. Jérémie sentit la rage dans les trois coups de poing que Matt venait de lui donner. Alors qu'il se préparait à recevoir le quatrième coup, il fut sauvé par sa bande qui s'était ruée sur Matt. Vincent et Kevin le bloquaient contre un mur pendant que les deux autres lui donnaient une avalanche de coups. Zach et Alice allaient s'interposer autant qu'ils en étaient capables, mais ils furent stoppés dans leur élan par le personnel du cinéma qui était venu mettre fin à l'altercation.

*

Assis sur des chaises inconfortables dans une pièce qui servait normalement de salle de pause pour le personnel du cinéma, Alice, Zach et Matt se trouvaient face à un officier de police qui s'apprêtait à les interroger avant d'être interrompu par l'arrivée de son collègue.

— C'est bon, on a prévenu vos parents respectifs. Ils arrivent aussi vite que possible, dit l'officier qui venait de rentrer.

— Génial, répondit Matt qui avait la lèvre gonflée et plusieurs blessures au visage.

— Bon si vous nous disiez plutôt ce qu'il s'est exactement passé.

Le trio se regardait, ne sachant qui devait parler en premier. C'est Alice qui prit les devants

– On voulait simplement aller voir un film. Mais Jérémie et sa bande nous ont provoqués.

– Qui a donné le premier coup ?

– Euh...C'est moi, répondit Matt.

– Ecoutez, je vois très bien ce qui a dû se passer. Et je vous comprends, sincèrement. C'est pas la première fois qu'on doit intervenir pour lui. Mais si c'est effectivement toi qui as donné le premier coup, les parents de Jérémie vont se faire un plaisir d'en profiter. Et connaissant son père, il risque même d'en abuser.

Le premier officier qui jusque-là était resté silencieux regarda son collègue d'un air interrogatif.

– C'est Monsieur Aubain, l'avocat. Le fameux Jérémie est son fils, répondit-il au regard de son collègue.

– Qu'est ce que ça veut dire ? Je risque quoi ? reprit Matt

– Toi pas grand chose. Tu es mineur. Mais il pourrait demander un

dédommagement à tes parents. Ça
ne m'étonnerai pas de lui.

– Et ils sont où ?

– Qui ça ? Jérémie et sa bande ?

– Oui

– Dans la pièce à côté. On ira les
voir juste après. Ça va aller vous ?

– Autant que possible, répondit Matt
en se tenant la tête.

– Je sais qu'entre eux et vous c'est
une longue histoire. C'est même très
compliqué avec tout votre lycée. On
sait que ce sont les petites frappes du
bahut. Ça a même pris des
proportions dramatiques.

– Même si presque personne ne
veut reconnaître qu'ils sont
responsables de ça, rétorqua Alice.

– Je sais, tenta de calmer l'agent de
police. Et je comprends ton
agacement. Malheureusement, on ne
peut rien y faire.

– C'est pas une question de pouvoir
mais une question de volonté.

Personne ne veut rien y faire parce que personne ne veut ouvrir les yeux. C'est plus simple de nier et de ne pas affronter les choses. C'est plus facile de se dire que dans une petite ville comme la nôtre ce genre de chose ne peut pas arriver et que les cinq "fossiles" ne font que se sentir persécuter. Après tout, ils sont bizarres alors pourquoi les écouter.

Les policiers regardèrent le trio ne sachant quoi répondre. Ils savaient qu'Alice avait raison. Mais comment lui avouer qu'ils ne pourraient rien faire même s' ils le voulaient.

– Ce qui est sûr c'est qu'à t'écouter on peut dire que toutes ces histoires vous ont fait grandir très vite. Trop vite peut-être. Rester ici, vos parents ne devraient plus tarder. On va aller voir la bande à côté pour écouter ce qu'ils ont à nous dire.

*

— C'est une honte ! Croyez-moi que tout cela n'en restera pas là !

L'homme hurlait dans les couloirs en faisant de grands gestes pour appuyer ces propos, mais surtout pour se faire voir. Costume hors de prix, une montre au poignet qui pourrait éclairer la pièce entière tellement elle brillait. Tout chez lui semblait passer par l'apparence avant tout.

— Où sont les parents ?

— Dans une pièce à l'écart avec leurs enfants, répondit un policier.

— J'exige de les voir tout de suite.

— C'est impossible monsieur.

— Je connais mes droits. Ne me dites pas que c'est impossible. Jérémie est un enfant respectable, rien à voir avec ces... ces parasites.

– Monsieur je vous demanderais de rester respectueux s'il vous plaît.

– Respectueux alors qu'ils profèrent des mensonges sur mon fils. Vous rigolez j'espère ? Ils ont tabassé mon fils.

– Ecoutez essayons de garder notre calme. Vous souhaitez plainte ?

– Bien évidemment.

– Alors venez quand vous pourrez au poste et nous enregistrerons votre plainte.

– Comptez sur moi. Cette ville a déjà voulu traîner le nom de ma famille dans la boue il y a quelques mois. Cette fois, je ne me laisserai pas faire. Viens Jérémie, on va aller à l'hôpital s'occuper de tes blessures.

*

Dans la pièce voisine, le trio accompagné de leurs parents avait tout entendu de l'esclandre qui avait eu lieu dans le couloir.

– Pourquoi est-ce qu'on s'écrase devant cet abruti déjà ? demanda la mère de Zach.

– Parce que ça ne changerait rien de répondre à tout ça maman.

– Si. Ça aggraverait les choses, répondit Alice. Alors mieux vaut ne rien faire même si ça me bouffe.

Alice leva les yeux sur son père qui bouillonnait, les poings fermés de toutes ses forces.

– Papa ?

Le père d'Alice n'entendait rien. Probablement perdu dans ses pensées dans lesquelles ils devaient se défouler sur cet avocat prétentieux.

– Papa ? répéta Alice un peu plus fort

– Oui ? répondit son père en sortant de ses pensées.

– Ne fais rien s'il te plaît. Ça ne ferait qu'aggraver les choses.

– Ma chérie il faut...

– Non. Il ne faut rien. Promets-moi que tu ne feras rien.

Alice fixait son père dans les yeux le poussant à faire une promesse qu'il n'avait aucune envie de tenir. Les policiers entrèrent dans la pièce mettant fin à la conversation.

– Ils sont partis, annonça l'un des officiers. Vous pouvez rentrer chez vous. Cependant, je dois vous prévenir qu'il compte porter plainte contre votre fils madame Evard.

– J'en attendait pas moins de sa part.

– Nous vous tiendrons au courant. En attendant, prenez soin de votre fils.

*

Sur la route du retour Matt était resté silencieux, le regard fixé sur le tableau de bord.

– Ça va aller mon chérie ?

– Oui maman ne t' inquiète pas. C'est pas si douloureux que ça et d'ici une semaine ou deux, on ne verra plus rien.

– C'est pas physiquement que je m'inquiète.

Le silence reprit quelques secondes et Matt fondit en larmes.

Chapitre 5

Cassette et VHS

Franck Delonge était assis dans son fauteuil, les yeux plongés dans son journal accompagné par la voix de Jean-Jacques Goldman qui sortait des hauts parleur de la chaîne hi-fi. "Quand tu danses y songes tu ?" chantait-il. A ce moment-là Franck pensa à sa fille qui n'avait pas quitté sa chambre depuis leur retour de vacances il y a deux jours. Elle avait bien profité des plaisirs de leurs deux semaines de camping. Piscine, barbecue, randonnée. Mais il sentait qu'elle refusait de lâcher complètement prise. Comme si elle s'interdisait d'être heureuse. A quoi pouvait-elle bien songer, elle ? En pensant cela, il entendit quelqu'un descendre dans l'escalier. C'était elle. Amy. Sa fille avait enfin décidé de quitter sa tanière. Elle entra dans le salon, toujours en pyjama à presque 16h et vint s'asseoir sur le canapé à côté de son père.

— Ah ça y est, tu t'es enfin décidé à l'écouter, dit-elle en prenant dans les mains la pochette de l'album "En passant" qui était poser sur la table basse.

— Disons que tu t'es enfin décidé à me le rendre surtout. Je l'ai acheté dès notre retour de vacances et depuis, il était en otage dans ta chambre.

— Profites-en je risque de le reprendre bientôt.

— Au moins ça te fera sortir un peu de ta chambre. Dis moi tu vou...

Franck fut coupé par la sonnerie du téléphone. Il se leva de son fauteuil à contre-cœur et ne cacha pas son agacement en décrochant. Il s'adoucit rapidement et se tourna vers sa fille tout en écoutant son interlocuteur, ce qui inquiéta Amy.

– C'est pour toi ? dit-il en tendant le combiné à Amy.

– C'est qui ? répondit-elle encore plus inquiète.

– Matthieu.

Amy se senti soudain soulagée sans même savoir pourquoi elle s'était inquiétée ainsi. Après tout, il n'y avait aucune raison pour qu'elle se tracasse d'un simple appel téléphonique.

– Je peux le prendre dans ton bureau ?

– Pourquoi dans mon bureau ?

– Papa s'il te plaît.

– Bon d'accord vas-y.

Amy monta en vitesse à l'étage en lançant un merci à son père qui se perdit le salon et l'escalier. Arrivée dans le bureau elle s'installa dans le fauteuil de son père et décrocha le téléphone.

– C'est bon papa tu peux raccrocher.

Amy attendait d'entendre le bruit distinctif du combiné que l'on raccroche. Ce petit clic qui lèverait le danger de l'espionnage. Mais elle n'entendit pas ce bruit.

– Papa ?

– Oui oui c'est bon, je raccroche.

Cette fois, le bruit de la libération se fit entendre.

– Matt ?

– Oui. Ça va ?

– Ça va. Enfin, je crois. Et toi ?

– Ça va. Je voulais t'appeler avant, mais je ne savais plus quand tu rentrais exactement. Désolé.

– C'est pas grave t'inquiète pas. Et puis c'est moi qui suis désolé.

– Toi ? Pourquoi ?

– Je n'ai pas pu te voir après ton altercation au cinéma avec Jérémie.

– Je suis parti en vacances juste après et tu es parti quand je suis revenu alors tu n'y pouvais pas grand-chose.

– Peut-être mais désolé quand même. Comment ça s'est fini au fait ? J'ai entendu dire qu'ils avaient porté plainte.

– Oui mais pour le moment on n'a pas de nouvelles. Apparemment, ça pourrait prendre du temps. On verra bien. Mais je ne t'appelais pas pour ça.

– Je t'écoute.

– On pourrait se voir ? Demain ou après-demain.

– Oui bien sûr. Où ça ?

– Chez moi. Si tu veux bien.

– Oui évidemment. Tu veux que je ramène quelque chose ?

– Non t'inquiètes pas, je me charge de tout.

– Comme d'habitude, dit-elle en souriant.

– Vers 15h00 ça ira ?

– Parfait

– Alors à demain.

– A demain Matt.

Amy raccrocha le téléphone et avait hâte d'être à demain.

*

A 15h00 précise le lendemain Matt entendit frapper à la porte. Il n'eut pas le temps de remonter de la cave que sa mère était déjà à la porte et s'était plongée dans le récit de leurs vacances.

– Maman s'il te plaît, Amy s'en fiche de savoir ce qu'on a fait pendant nos vacances, dit-il en arrivant à hauteur de l'entrée.

– Mais si voyons je suis sûr que ton amie est curieuse de savoir tout ce que tu as fait.

– Non non, implora-t-il. Et même si c'était le cas, il n'y a absolument rien d'intéressant à raconter.

– Je suis sûr que c'est faux. Et ta mère à raison, je suis très curieuse, dit Amy avec un sourire moqueur à l'intention de Matt.

– Pourquoi ? articula Matt en silence

– Parce que j'adore te mettre mal à l'aise.

– Pardon ? interrogea la mère de Matt

– Rien madame Delonge je me parlais à moi-même.

– Bon je vous laisse les enfants. Je vous descends de quoi boire et grignoter ?

– Avec plaisir. Et vous pourrez finir de me raconter vos vacances.

Matt regarda Amy l'air désespéré. Il savait que plus il essaierait de lutter et plus elle prendrait un malin plaisir à l'embarrasser. Le mieux était de jouer l'indifférence. Matt descendit à la cave et Amy lui emboîta le pas. Il se jeta sur le canapé tandis qu'elle s'installa sur le fauteuil face à lui. Elle remarqua le cendrier et les trois mégots dedans. Elle décida de ne pas faire de remarque à ce sujet aujourd'hui. Se disputer avec Matt était la dernière chose dont elle avait envie. Elle s'étonna quand même de voir tout ça poser en évidence sur la table et se demanda comment ses parents avaient accueilli la nouvelle addiction de leur fils.

– Tu es fière de toi ?

– Assez oui, répondit-elle avec un grand sourire. Le genre de sourire que Matt aimait autant qu'il l'agaçait. Ta mère est adorable Matt.

– Je sais. Mais c'est pas incompatible avec chiante.

– Et tu en sais quelque chose, rétorqua-t-elle avec le même sourire.

– Je... Tu sais quoi, je ne sais même pas pourquoi je tombe à chaque fois dans ton jeu. Tu as des nouvelles des autres ? dit-il pour essayer de changer de sujet.

– J'ai reçu une carte de Zach mais c'est tout.

– Oui j'en ai eu une aussi.

– Ils ne devraient plus tarder à rentrer ne t'inquiète pas.

– Pourquoi tu dis ça ?

– Parce que je sais que tout ça te tracasse. Même si je ne comprends pas pourquoi tu as peur que notre groupe explose.

– Ce que je ne comprends pas c'est pourquoi ça n'inquiète aucun d'entre vous.

– Je sais pas. Peut-être parce qu'on sait que ça n'arrivera pas.

– Comment peux-tu en être certaine ? On ne pourr...

– Je ne dis pas que tout sera comme maintenant, le coupa-t-elle. Évidemment que ça sera différent Matt. On ne se verra pas autant. On partagera peut-être moins de choses. On se fera d'autres amis. Mais quoi qu'il arrive, on sera toujours là l'un pour l'autre. On sera toujours liés ensemble.

– Mais par un...

– Non tais toi. On n'en parle plus. S'il te plaît.

Matt regarda Amy et sentit qu'il devait passer à autre chose et détendre l'atmosphère. Au moins pour le moment. Il fut sauvé par sa mère qui arriva avec un plateau rempli de gâteaux ainsi que deux verres et une carafe de citronnade.

– Voilà de quoi manger et vous désaltérer.

– Merci beaucoup madame Delonge.

– Mais de rien Amy tout le plaisir est pour moi. Tu sais que tu as beaucoup manqué à Matthieu pendant ces vacances.

Matt se mit à rougir et se leva brusquement.

– Bon merci maman. Tu pourrais nous laisser maintenant s'il te plaît ?

– Mais ne sois pas gêné. Tu étais pressé de rentrer pour pouvoir l'appeler et la revoir. Tu nous as bassiné tout le trajet du retour avec ça.

– Maman s'il te plaît, implora Matt de plus en plus gêné.

– Bon je vous laisse, répondit-elle à Amy qui semblait très amusée de la situation.

– Merci maman.

Matt suivit sa mère dans l'escalier et bloqua la porte derrière elle pour s'assurer d'être à l'abri de toute autre intrusion envahissante. Il prit une grande bouffée d'air avant de redescendre et prit tout de suite la parole pour éviter de laisser le temps à Amy de faire tout commentaire sur ce qu'il venait de se passer.

– On se fait un après-midi vidéo ? lança-t-il en essayant d'être le plus naturel possible

– Oui avec plaisir. Tu proposes quoi ?

– Je suis passé au vidéo club ce matin.

Il se leva et se dirigea vers l'espace vidéo. Un grand écran presque aussi imposant qu'un four, un magnétoscope et un lecteur de Laser Disc. Matt prit deux boîtiers de cassettes vidéos avec le logo du vidéo club sur la pochette et les donna à Amy.

– Tu veux que j'en fasse quoi ?

– Que tu regardes ce que j'ai loué pour savoir si ça te convient.

– Peu importe ce que tu as loué, je sais que ça me conviendra. C'est toi le cinéphile de la bande, je te fais confiance et tu ne nous a presque jamais déçus jusqu'ici.

– Presque ?

– Oui presque. Et puis je n'ai pas besoin d'ouvrir les boîtes pour savoir ce que tu as loué, dit-elle avec un air de défi.

– Ah oui ? Tu vas me faire croire que tu peux les deviner comme ça.

– Non pas comme ça. Je peux les deviner avec mon esprit de déduction.

– Alors je t'écoute.

– Tu as organisé cet après-midi vidéo juste pour toi et moi. Zach n'étant pas là, tu as donc la possibilité de prendre des films qu'on ne devrait pas être en droit de regarder et que nous n'avons donc pas pu aller voir au cinéma. J'en vois potentiellement plusieurs qui entrent dans cette catégorie.

Amy se leva et alla se servir un verre de citronnade. Premièrement, parce qu'elle mourrait de soif, mais aussi parce qu'elle aimait le suspens que cela créait. Matt était pendu à ses lèvres. Après avoir bu son verre d'une traite, elle se posa sur le canapé à côté de Matt.

– Avant de venir chez toi je suis passé en ville pour aller prendre le programme télé pour mon père et je suis passé devant le vidéoclub. J'y ai vu les affiches de leurs récents arrivages et notamment celle d'un des deux films que tu as loué et qui rentre dans la catégorie des films à voir sans Zach.

– Et donc ?

– Trainspotting.

– Et merde, enragea-t-il. Bien jouer. Mais tu n'en as qu'un sur les deux.

– Daylight.

– Comment t'as fait pour arriver à le trouver celui-là ?

– C'était encore plus facile à trouver que Trainspotting. Tout le monde connaît ton amour pour Stallone.

– Rocky c'est ma bible, j'avoue.

– Donc en voyant qu'il était sorti j'étais certaine qu'on y aurait droit pour nos prochaines séances.

– C'est flippant.

– Quoi donc ?

– A quel point tu me connais par cœur.

– C'est beau plutôt non ?

– Beau mais flippant.

Ils se mirent à rire en savourant cet instant de légèreté.

– Tu veux commencer par lequel ? reprit Matt.

– C'est toi qui organise, c'est toi qui choisis.

– Alors commençons par Stallone dans un tunnel.

Matt se leva et se dirigea vers l'espace vidéo pour mettre la cassette dans le magnétoscope. Il ouvrit le boîtier et s'apprêta à insérer la VHS dans le lecteur avant de se rendre compte que la maladie des vidéoclubs avait encore frappée.

– C'est pas vrai. Ils font le coup presque à chaque fois.

– Qu'est ce qu'il y a ?

– Elle n'est pas rembobinée, répondit Matt en montant la VHS.

– C'est pas grave. Rembobine-la et ça nous laissera le temps de nous installer correctement.

Matt inséra la cassette vidéo dans la fente du magnétoscope et appuya sur la touche rewind de la télécommande. L'appareil se mit à la tâche dans un bruit presque assourdissant et Matt se retourna brusquement vers Amy

– Oh attends j'ai failli oublier. J'ai un cadeau pour toi.

– C'est vrai ? s'étonna Amy. Pourquoi ?

– Comme ça. Juste parce que j'avais envie.

Il alla devant la chaîne-hifi de son père et prit une petite boîte emballée dans du papier journal qu'il donna à Amy.

– Désolé pour l'emballage j'ai fait avec ce que j'avais

– C'est pas grave.

Elle saisit la boîte avec enthousiasme et curiosité. A peine l'avait-elle eu dans les mains que le papier journal était déjà totalement déchiré. Une fois à nue, elle ouvrit le couvercle et sortit une cassette audio sur laquelle était écrit "Les divisions de la joie".

– Je t'ai fait une compil. J'y ai mis les titres qu'on écoute ensemble, ceux que j'écoute quand je pense à toi, ceux qui me font penser à nous.

Amy resta silencieuse et fixa la cassette.

– Je sais c'est pas grand chose, reprit Matt inquiet. C'est même un peu bête. Je comprendrais que tu n'en veuilles pas.

– Non. C'est... J'adore ce cadeau. Vraiment. J'aime le geste et l'idée.

– C'est vraiment pas grand chose tu sais.

– Si. Merci beaucoup, dit-elle en le prenant dans ses bras.

– Je t'en prie.

– Mais j'aurais quand même une question.

– Dis moi.

– Pourquoi ce titre ?

– Les divisions de la joie ?

– Oui ?

– Parce que quand on aura été séparés par les aléas de la vie je me dis que tu pourras écouter cette cassette et penser à nous. Que même diviser cette cassette symbolise notre histoire. Tu trouves sûrement ça très bête ?

– Non pas du tout. Je trouve ça beau. Mais tu sais quand même que c'était une expression utilisée par les nazis ?

– Pour parler des femmes juives déportées comme esclaves

sexuelles, oui je sais. Mais déjà que plus personne ne peut s'appeler Adolf sans que ce soit mal vu alors on va pas non plus s'interdire d'utiliser de belles expressions à cause de ces cons de nazis.

– C'est un point de vue. Mais pour que ça ait pleinement du sens, tu devrais faire une cassette pour les autres fossiles.

– Mais je l'ai fait. Chacun aura son exemplaire personnel. Je tenais juste à ce que tu sois la première à l'avoir.

– Merci Matt. Merci pour ça et pour tout ce que tu fais pour le groupe.

– Y'a pas de quoi.

Le bruit du magnétoscope s'arrêta net signifiant que la bande était rembobinée et prête pour un nouveau visionnage.

Chapitre 6

Silence

Il fixait le plafond depuis bientôt une minute entière sans avoir prononcé le moindre mot. A dire vrai Zach n'avait même pas entendu la question qu'on lui avait posée. Il était allongé sur ce canapé, comme tous les mardis depuis bientôt 8 mois, et il avait laissé ses pensées l'emmener loin du cabinet du Docteur Capla. Son psychiatre. Ses parents avaient tenu à ce qu'il consulte un "spécialiste" comme ils aimaient l'appeler. Surement parce que le mot "spécialiste" est moins effrayant que psychiatre. Ça devait leur donner une impression de normalité. Zach avait bataillé en usant de tous les arguments possibles et inimaginables afin d'éviter ce rendez-vous imposé chaque semaine, mais il avait très vite senti que c'était une bataille perdue d'avance. Et surtout, il s'était rendu compte que ces consultations feraient beaucoup de biens à ses parents. Qu'ils se sentiraient rassurer et libérer de pouvoir se décharger d'un fardeau qu'ils n'arrivaient de toute évidence pas à gérer. *"Comment leur en vouloir ?"* s'était dit Zach. Qui pourrait gérer ce genre de situation en toute décontraction ? Il avait donc fini par céder et passait une heure chaque mardi allongé sur le canapé du docteur Capla. Il ne parlait pas beaucoup et passait principalement cette heure hebdomadaire à écouter le psychiatre lui recracher les formules toutes prêtes qu'ils avaient dû passer toutes ces années d'études à apprendre par cœur. Mais tout ça donnait l'illusion à ses parents qu'il irait mieux. Même si lui-même n'avait étrangement pas l'impression d'aller mal.

– Tu sais Zach, je reçois beaucoup d'élèves de ton lycée. Ce qu'il s'est passé vous a bouleversé et c'est normal. Aucun enfant de votre âge ne devrait avoir à faire face au suicide d'une de ses camarades. Et chacun réagit à sa façon face à un événement tragique. Certains ont besoin de parler, d'autres de se réfugier dans les cours, la lecture ou n'importe quel exutoire. Il y en qui en profite pour multiplier les conneries. Ils volent, fuguent ou se mettent à fumer. Toi, tu as choisi le silence.

– Qui vous dit que j'étais bavard avant... (Zach hésita sur la façon de nommer cette tragédie) ça ?

– Personne effectivement mais c'est une partie de mon métier de savoir lire entre les lignes et d'analyser les gens. On comprend beaucoup de choses à travers le silence. C'est parfois même plus explicite qu'un long monologue.

– Vous en parlez à mes parents ?

– Quoi donc ?

– De nos séances. De ce qu'on fait et du fait que je reste silencieux la plupart du temps.

– Je leur en parle oui mais pas en détail. Ils veulent savoir comment nous progressons et c'est normal. Je leur dis que nous prenons le bon chemin.

– Et c'est vrai ?

– Nous ne prenons pas le mauvais en tout cas.

Zach ne put s'empêcher d'esquisser un léger sourire. Il n'aimait pas particulièrement ces séances, mais c'était le seul endroit actuellement où il n'avait pas ses parents sur le dos. Il comprenait leur inquiétude, mais l'étouffement que cela provoque devenait insupportable. Au moins, ici, il pouvait souffler un peu.

– Je te l'ai déjà dit, je ne t'obligerais pas à parler. Tu t'ouvriras quand tu en auras envie, mais n'ai pas peur de laisser sortir les choses. Personne ne te jugera ici.

Avant qu'il ait eu le temps de répondre quoi que ce soit, la sonnerie du minuteur posée sur le bureau du docteur Capla libéra Zach de son rendez-vous en signifiant la fin de la séance.

*

En sortant du cabinet du docteur Capla, accompagné par sa mère, Zach repensa aux dernières paroles que lui avait dit le psychiatre. *"Personne ne te jugera ici"*. Est ce que c'est ça qui le bloquait ? Avait-il peur du jugement ? Avait-il peur de faire face à quelque chose qu'il refusait même d'envisager ? Il fut sorti de ses pensées par la curiosité de sa mère.

– Comment ça s'est passé aujourd'hui ?

– Bien. Comme toutes les semaines.

– Mais est-ce que ça te fait du bien de voir ce docteur ?

– Ça te fait du bien à toi. Et à papa aussi. C'est déjà ça non ?

– On fait ça pour toi mon chérie. On ne veut pas que tu te sentes abandonner.

– Je sais maman. Merci, répondit Zach le plus sincèrement possible. Mais ne t'inquiètes pas je ne suis pas seul. J'ai toujours mes amis.

Zach regarda sa mère qui avait les yeux humides. Il sentait qu'elle avait envie de lâcher un torrent de larmes, mais elle refusait de craquer devant son fils. Il changea de sujet le plus innocemment possible pour soulager sa mère.

– On mange quoi ce soir ?

Il entendit sa mère partir dans un éclat de rire. Il avait compris que sa tentative d'apaiser la situation n'avait été en rien discrète. Mais elle semblait avoir apprécié le geste.

– Je ne sais pas encore. Tu as envie de quelque chose en particulier ou j'ai carte blanche ?

– Tes pâtes carbonara et tes cookies en dessert.

– Des cookies c'est pas vraiment un dessert.

– Tu m'as demandé ce que je voulais, je te réponds.

– Bon je verrais ce que je peux faire.Il faut que je passe à la boulangerie avant de rentrer. Tu viens avec moi ou tu m'attends à la voiture ?

– Non je vais t'attendre dans la voiture. J'ai eu assez de contact humain pour aujourd'hui.

– D'accord, répondit sa mère en lui donnant les clés de la voiture.

Zach marcha jusqu'à la voiture en replongeant dans ses pensées. Depuis quelques mois, c'est là qu'il se sentait le mieux. Perdu avec lui-même. En dehors bien sûr des moments passés avec les autres "fossiles".

– Tu étais à ta séance avec le psy ?

Zach sursauta en entendant cette question qui le tira de ses pensées. Il se retourna pour faire face à la personne qui l'avait si brusquement tiré de son refuge.

– Eléa ! Qu'est-ce que tu fais là ?

– Je me balade. Je prends le soleil.

– Ne te fous pas de moi.

– Ne me pose pas de questions si tu n'aimes pas mes réponses.

– Tu sais que tu es agaçante parfois ?

– Mais c'est comme ça que vous m'aimez.

– Oui j'étais à ma séance.

– Et ça t'aide ?

– J'en sais rien. Faut croire que non.

– Je pense que ça ne peut pas te faire de mal en tout cas. J'aimerais bien pouvoir en consulter un aussi. Ça m'aiderait peut-être.

– A quoi ?

– A tourner la page. Passer à autre chose. On a tous été traumatisés par cette... »

Elèa laissa sa phrase en suspens cherchant une façon élégante d'évoquer ce suicide qui chamboule leurs vies depuis plusieurs mois. Zach prit les devants et termina la phrase pour elle.

– Par cette égoïste qui a choisi de se tailler les veines et de tous nous laisser planter là.

Eléa fixa son ami droit dans les yeux choqué par la violence des mots qui venait de sortir de sa bouche.

– C'est vraiment ce que tu penses ?

– Oui. Enfin, je crois.

– On a souvent été en désaccord toi et moi et j'avoue que c'est ce que j'aime le plus entre nous. Nos discussions pour défendre nos différents points de vue. Mais là, je n'ai même pas envie d'en débattre.

Zach se maudit d'avoir laissé échapper ses pensées. Des semaines à garder le silence et lorsqu'il laisse enfin échapper quelque chose, c'est pour blesser une des personnes qui compte le plus dans sa vie.

– C'est pas ce que je voulais dire Eléa. Mes mots ont dépassé mes pensées. Je suis désolé.

– Je sais, répondit-elle cherchant à éviter le conflit tout autant que lui. Je ne sais pas si les gens se rendent compte du mélange de courage et de désespoir qu'il faut pour accomplir une chose pareille.

– De courage ?

– Evidemment. Bon, il faut que j'y aille, on se voit plus tard, ok ?

Eléa partit ne laissant pas le temps à Zach le temps de lui répondre. Il la regarda s'éloigner et disparaître au coin de la rue avant de replonger dans ses pensées et le silence.

Chapitre 7

Règlement de compte

— C'est peut-être la dernière fois qu'on se voit avant un moment.

"Les fossiles" étaient réunis dans ce qu'ils considéraient comme leur repère. La cave des parents de Matt. Il régnait dans la pièce un mélange de mélancolie et de bonheur.

— Ah non Matt tu vas pas recommencer avec ça, s'énerva Alice.

— Ok. J'expose juste les faits. Désolé.

— On se reverra, c'est promis, intervient Amy. C'est parce que c'est la rentrée la semaine prochaine et qu'on va partir chacun dans des établissements différents qu'on ne se reverra plus.

– Et laisse moi te dire un truc mon p'tit père, reprit Alice, si tu penses vraiment qu'on ne se reverra plus c'est que tu n'as aucune confiance et aucun respect pour notre groupe. On n'a jamais été aussi soudé que maintenant.

– Et tu ne te dis pas que si j'ai peur justement c'est parce que je respecte et que j'aime profondément notre groupe ?

– Euh... Bon, si peut-être. C'est pas idiot comme résonnement, capitula Alice.

– Attendez je rêve ou j'ai eu le dernier mot avec Alice Manove là ?

– C'est bien, tu as le triomphe modeste en plus.

– Dans 20 ans je vous imagine encore en train de vous engueuler tout les deux, dit Zach

– Mon dieu, dans 20 ans on aura la trentaine, répondit Alice. On sera tellement vieux. Vous vous voyez où dans 20 ans ?

Un silence s'installa. Pas le genre de silence à provoquer un malaise, mais plutôt un de ceux qui prête à rire. Ce fut Alice qui brisa ce silence.

– Mariée avec deux enfants et mon mari ressemblera à Tom Cruise.

– Toi tu ne t'es toujours pas remise de Jerry Maguire.

– Non, répondit Alice les yeux pleins d'étoiles.

– Et tu seras une grande journaliste.

– Ca on verra.

– Tu y arriveras ne te bile pas, la rassura Amy. Tu intègres l'ESJ la semaine prochaine, c'est pas rien ça. Et tu seras une très grande journaliste, comme tu en as toujours rêvé.

– Merci beaucoup. Ce qui est sûr, c'est que ce sera loin d'ici. Quitter cette ville et tout ce qui s'y rattache me fera du bien. Partir loin de Jérémie et sa bande.

– Je l'ai croisé avant hier, dit Zach, j'ai réussi à l'éviter mais j'ai bien cru qu'il allait me choper. J'en ai marre d'avoir une boule au ventre à chaque fois que je me promène.

– Moi aussi, répondit Amy. Mais on ne peut rien faire. On peut juste se consoler en se disant qu'on sera loin de lui dès la semaine prochaine.

– Et qu'il ne paiera donc jamais pour ce qu'il a fait, dit Matt d'un ton grave. Sa remarque mit le groupe mal à l'aise et chacun attendait que l'autre brise le silence en premier.

– Et vous alors ? dit Alice. Toi Matt tu te vois où dans 20 ans ?

– J'en sais rien. Je me vois en bonne santé ça sera déjà pas mal.

– Ouais et bah arrête de fumer tes merdes alors.

– Oh ça va Alice, commence pas.

– Moi je me vois bien reprendre la boutique de mon père, intervient Zach qui souhaitait surtout essayer de désamorcer les tensions avant qu'elles n'explosent.

– Oui c'est logique, dit Amy. Mais est-ce que ce serait par envie ou juste parce que c'est pratique ?

– Un peu des deux peut-être. J'y ai jamais vraiment réfléchi en fait. J'ai surtout répondu ce qui me semblait être évident. Et toi toujours envie d'être avocate ?

– Oh oui plus que jamais.

– Ça peut toujours servir une amie avocate, dit Eléa.

– Bon maintenant excusez moi mais il faut que j'aille utiliser les trois coquillages.

Zach regarda Amy avec l'air de quelqu'un à qui on aurait parlé dans une langue étrangère.

– Je vais aux toilettes, lui expliqua Amy.

– Faut vraiment que tu regardes Demolition Man, intervient Matt.

– Oui oui je sais. Ça m'évitera au moins d'être largué dans des moments comme ça.

– En revenant tu pourras nous redescendre un truc à boire s'il te plaît. Tu prends ce qui vient dans le frigo.

– Ok ça marche.

Amy monta les escaliers et prit la deuxième porte à droite dans le couloir. Elle entra dans la salle de bain et ferma le verrou derrière elle. Elle n'avait pas envie d'aller aux toilettes, mais avait tout à coup ressenti le besoin de s'isoler. Elle ouvrit le robinet d'eau froide et se passa deux grandes giclées sur le visage. Elle se regarda dans le miroir, l'eau coulant sur son visage et prit une grande inspiration. Comme si elle prenait son courage à deux mains avant de rentrer dans une bataille. Elle se redressa, sécha son visage et sortit de la salle de bain, droite et sur d'elle. Elle alla dans la cuisine sans faire de bruit pour ne pas gêner les parents de Matt qui regardaient la télévision dans le salon. Elle ouvrit le frigo ,pris une bouteille de Banga et referma le frigo avant de s'apprêter à redescendre rejoindre les autres.

– Pourquoi personne ne m'a demandé où je me voyais dans 20 ans ?

Amy sursauta et laissa la bouteille s'échapper de ses mains.

– Pourquoi est-ce que tu arrives toujours quand on ne s'y attend pas ? demanda-t-elle en ramassant la bouteille.

– Répond à ma question d'abord.

– Eléa s'il te plaît.

– Quoi ?

– Ne commence pas avec ça.

– Avec quoi ?

– Rien. J'ai pas envie de me prendre la tête avec toi. Pas ce soir.

– Vous me mettez à l'écart.

– On te quoi ? À l'écart de quoi ?

– Du groupe. Vous me mettez à l'écart.

– Tu plaisantes j'espère ?

– Pas du tout.

– Je ne peux... Non, laisse tomber j'ai dit que je ne prendrais pas la tête alors on arrête là.

– Non vas-y dis ce que tu as sur le cœur. Je t'écoute. Ou alors tu peux effectivement m'ignorer et continuer de me mettre à l'écart.

– Arrête un peu de faire ta drama queen, s'emporta Amy. Je n'en peux plus. Tu oses dire qu'on te met à l'écart, mais tu n'a pas vu que le groupe ne tourne qu'autour de toi ? Que nos vies tournent autour de ta petite personne ? On ne te met pas à l'écart, on prend soin de toi. On prend soin de nous. Tant que tu n'auras pas compris ça, sois gentil de ne plus m'adresser la parole. C'est terminé.

– Ça va Amy ?

Tirer de son programme télé par les cris d'Amy le père de Matt était venu voir la raison de tout ce raffut.

– Oui. Désolé monsieur Evard. On redescend. Pardon pour le bruit.

– D'accord, répondit-il en dévisageant Amy, l'air à la fois inquiet et interrogateur.

– Toi tu redescends. Moi je m'en vais, s'énerva Eléa.

Amy redescendit l'escalier qui menait au repère des "fossiles" et retrouva le reste de la bande.

– Ça va ? s'inquiéta Alice. On t'as entendu crier.

– Oui oui tout va très bien ne vous inquiétez pas. Alors on en était où ? Ah oui. Où est-ce qu'on se voit dans vingt ans ?

Deuxième partie

2017

__Chapitre 8__

Invitations

– Tu es sûr de toi ? Si tu prends l'antenne et que tu balances ça sans être certaine de ta source, tu nous mets dans la merde.

Le coordinateur d'antenne accompagné du directeur des programmes faisaient tout deux face à leur journaliste. Elle comptait annoncer un gros scoop à l'antenne, mais les deux hommes étaient frileux à l'idée de la laisser faire. Ils avaient évidemment peur des répercussions plus que de faire du vrai journalisme. Mais David, le coordinateur, savait que la bataille était perdue d'avance. Ce que sa journaliste voulait, elle l'obtenait toujours.

– Oui bien évidemment que je suis sûr de moi bordel. Vous pensez vraiment que j'irai prendre le micro sans en être certaine ?

– C'est pas ce qu'on veut dire. Mais il faut qu'on assure nos arrières.

– Oh mais faut pas vous en faire. On sait très bien comment ça va se passer. Si tout ce que je m'apprête à dire se vérifie c'est vous qui allez récolter les lauriers et les retombées économiques. Mais si ça foire, vous rejetterez la faute sur moi en vous désolidarisant. Donc quoi qu'il arrive vous êtes couvert.

David et son patron savaient qu'elles disaient vrai mais refusaient de le reconnaître devant elle. Le directeur des programmes se contenta de faire un signe de tête à David et quitta la pièce.

– Il prend même plus la peine de parler celui-là ?

– S'il te plaît, tenta de calmer David. Tu sais bien que je suis de ton côté. Mais à l'avenir laisse-moi négocier et reste silencieuse.Tu passes à l'antenne dans cinq minutes.

– Merci. Crois-moi, tu ne le regretteras pas, dit-elle en s'apprêtant à quitter la pièce.

– Alice ?

– Oui.

– On dîne ensemble ce week-end ?

– Désolé je suis prise ce week-end.

– Un rendez- vous ?

– Un mariage.

– Famille ?

– En quelque sorte oui. »

*

Assis sur son fauteuil, il écoutait son jeune patient lui parler de ses parents qui se déchiraient un peu plus chaque jour et de sa difficulté à vivre cette situation. Il sentait la douleur dans la voix tremblotante de cet adolescent qu'il s'était promis d'aider. Comme il s'était promis d'aider chacun de ses patients. C'était une vocation.

– Vous pensez que c'est de ma faute si mes parents se disputent tout le temps ?

– Non. Bien sûr que non. Mais qu'est-ce qui te fait penser que ça pourrait être ta faute ?

– Je ne sais pas. Qu'est ce que ça pourrait être d'autres ?

– Tu sais, il y a pleins de raisons pour qu'un couple d'adultes se dispute. Plus que tu ne pourrais l'imaginer. Et parfois elles sont complètement idiotes. Un couple peut en arriver à se séparer pour une simple histoire de chaussettes mal rangées. Donc ne va pas porter une croix qui n'est pas la tienne.

– Comment ça ?

– Tes parents ont leurs raisons de se disputer. Je ne sais pas si elles sont bonnes ou non, mais je sais que tu n'y es pour rien. Alors ne t'inflige pas cette souffrance supplémentaire.

A peine avait-il fini sa phrase que le minuteur sonna la fin de la séance.

– On a fini pour aujourd'hui.

Le jeune patient se leva du canapé, enfila son manteau et se dirigea vers la porte accompagné du psychiatre.

– Merci beaucoup docteur Ravel. Nos séances me font vraiment du bien.

– J'en suis heureux Malcolm. Mais je te l'ai déjà dit appel moi Zach.

– D'accord. A la semaine prochaine alors.

– A la semaine prochaine Malcolm.

Zach referma la porte derrière son patient et alla s'asseoir à son bureau. Il aimait se poser ici et faire le point de temps en temps. Il se rappelle encore la première fois qu'il s'est assis dans son fauteuil, devant ce bureau, en se disant qu'il avait enfin accompli quelque chose. Il était psychiatre. Tout ce temps passé durant son adolescence allongé sur le canapé de son psychiatre avait fini par donner naissance à une vocation. Mais une vocation qui cache une part d'égoïsme. Aider ceux qui avait comme lui à l'époque besoin d'écoute était d'une certaine façon la suite des ses années de thérapie. Mais après tout existe-t-il vraiment de bonnes actions qui soient totalement désintéressées ? Zach avait fini par comprendre que non. Et si apporter son écoute et son expérience à tous ces jeunes leur venait vraiment en aide, il n'y avait rien de mal à ce que lui aussi en tire un peu parti. Il resta un moment les yeux dans le vague lorsque la sonnerie de son téléphone l'extirpa de ses pensées.

– Oui j'écoute, dit-il en décrochant.

– Votre rendez-vous de 15h aura un peu de retard docteur.

– Très bien merci Julie.

Il raccrocha le combiné et se jeta en arrière sur son fauteuil. Ses yeux se posèrent sur une enveloppe sur le bord de son bureau. Il la prit dans ses mains et se rappela qu'il allait devoir se trouver un smoking digne de ce nom pour aller à ce mariage ce week-end.

*

Le soleil enveloppait la chambre d'une lumière vive depuis plusieurs heures avant que celle-ci n'arrive à réveiller le corps étendu sur le lit. Ou du moins ce qui ressemblait à un lit. Ce meuble en avait bien la forme mais il était normalement rare d'y retrouver des paquets de chips vides, des bouteilles de bière, du linge sale pour au moins deux semaines et des factures de relance pour impayés. Allongé au milieu de ce triste inventaire, Matt se demandait si c'était sa chambre qui s'était soudain décidé à jouer la toupie ou s' il était en train de payer les litres d'alcool qu'il avait liquidé la nuit dernière. Il eut la réponse à sa question lorsqu'il dut se pencher pour vomir le peu qu'il avait actuellement dans l'estomac. Un reste de pizza datant de trois jours. Il se remercia d'avoir apparemment eu la présence d'esprit de déposer une cuvette près de son lit hier avant de s'effondrer. Lorsqu'il eut à peu près la force de se lever, il se jeta sous une douche glacée pour lui donner un coup de fouet libérateur. Il avait encore cette capacité à se remettre d'une cuite après une bonne douche. Après une dizaine de minutes, l'eau glaciale avait accompli sa tâche et

Matt s'habilla sans même se sécher complètement. Il alla dans la cuisine qui lui servait également de salon, de bureau, de dressing et occasionnellement de salle à manger. Matt se disait que c'était l'avantage des studios. Avoir toutes les pièces à porter de mains. Rien n'égalait, selon lui, la joie de se préparer des pattes tout en pouvant choisir sa tenue du lendemain avec sa casserole à la main et de répondre aux mails de son patron dans le même temps et tout ça dans la même pièce. Il n'en pensait pas un mot bien sûr, mais il avait appris à voir le bon côté des choses dans tout ce qui lui arrivait. Il s'alluma une cigarette et se posa devant la seule fenêtre de la pièce. Il essaya d'organiser ses pensées et de revoir l'emploi du temps de sa journée. Déjà, il devait essayer de se rappeler de quel jour il s'agissait. Était-ce le début ou la fin de la semaine. Il chercha son téléphone afin d'être fixé sur le calendrier et pouvoir se reconnecter à la réalité.

– Mercredi. Milieu de semaine donc, dit-il pour lui-même. Encore un peu de courage mon grand.

Il finit sa cigarette et se rappela qu'il avait un dossier à rendre à son patron avant demain soir dernier délai. Son boss avait déjà accepté qu'il soit en télétravail tout le mois alors ce n'était pas le moment de se le mettre à dos. Il voulut écraser sa cigarette, mais ses deux cendriers débordaient déjà d'une collection de mégots.

– Tant pis pour l'environnement, dit-il en jetant son mégot par la fenêtre. Matt s'installa à son bureau et essaya de trouver la motivation pour se mettre au boulot. Il alluma son ordinateur et commença par vérifier ses mails. En dehors des pubs, des relances habituelles pour impayés et de plusieurs mails d'une clinique, il y avait un mail de *"fossilesalice"* :

"Salut Matt. Je sais pas si tu as fini par payer ta facture de portable, du coup, par mail j'aurais sûrement plus de chance de te joindre. Je voulais juste te rappeler de ne pas oublier le mariage ce week-end. Ne fais pas le con s'il te plaît. On t'aime. Alice".

Le mariage ce week-end. Il avait complètement oublié. Pour ça aussi il allait devoir trouver la motivation.

Chapitre 9

Le grand jour

Des mois de préparations , de stress et de doutes et enfin le grand jour était arrivé. Amy avait les yeux fixés sur le reflet que lui renvoyait le miroir en face d'elle. Elle se trouvait belle à en pleurer dans sa robe de mariée et s'en voulait d'être aussi narcissique. Mais après tout, c'était sa grande journée alors elle pouvait bien se permettre de flatter un peu son ego.

– Tu es magnifique.

Amy se retourna pour voir Alice entrer dans la pièce avec des étoiles dans les yeux.

– Oui je sais, répondit-elle en ne pouvant s'empêcher de rire.

– Comment tu te sens ?

– J'en sais trop rien. J'ai peur et en même temps, je ne réalise pas que c'est aujourd'hui.

– Et pourtant tu y es. C'est aujourd'hui.

– Tu penses que je fais une erreur ?

– En te mariant ? Non, absolument pas. Étienne est un type génial. Je t'envierai presque. Cinq ans que vous êtes ensemble et je n'ai jamais tenu une relation plus de cinq mois.

– Ca c'est parce que tu es insupportable ma belle.

– Ta demoiselle d'honneur te remercie pour tout cet amour.

– Mais je t'en prie.

– Bon, tu es prête à y aller ?

– Non. Mais je crois que je n'ai pas le choix.

– Si tu préfères on peut aller se faire un peu de shopping, un bon resto et on termine avec un ciné.

– On se fait ça demain ?

– Ça marche.

*

Elle avait dit oui. Elle était maintenant Madame Amy Amard. Elle était heureuse. Elle avait rencontré Etienne il y a maintenant six ans. A cette époque il était son client. Elle se souvient encore de la première fois qu'elle l'a vu. Il était déterminé, charismatique, mais un peu effrayé au milieu de tous ses avocats. Il avait fait appel au cabinet d'avocat dans lequel Amy travaillait et elle s'était retrouvée chargée de son dossier. Une histoire d'héritage. Au fur et à mesure que l'affaire avançait, l'un comme l'autre avait ressenti une attraction. Pas le coup de foudre immédiat mais cette sensation qui s'immisce petit à petit jusqu'à en devenir une évidence et ne plus pouvoir la nier. Ils s'étaient promis à demi-mot d'attendre la fin de leur affaire en cours avant de tenter quoi que ce soit. L'intention était louable, mais fut bien évidemment un échec. Ils avaient fini par se retrouver dans le lit d'Etienne deux semaines après avoir scellé ce pacte silencieux. Ce comportement ne ressemblait pas du tout à Amy. Quand elle avait fini par en parler à Alice, celle-ci s'était réjouie de constater que son amie de toujours avait finalement bien une vie sexuelle active. Une fois l'affaire terminée et gagnée, les deux amoureux se lancèrent à corps perdu dans leur relation fusionnelle. Il ne faisait jamais rien l'un sans l'autre. Et aujourd'hui la voilà mariée à cet homme pour qui elle irait jusqu'au bout du monde. La seule chose qui la rendait aussi heureuse que ce mariage, c'était le fait de célébrer cette journée avec sa deuxième famille : "les fossiles". Tous réunis. Ou presque.

*

– Allez s'il te plaît montre la moi encore une fois !

– Alice arrête, intervient Zach.

– Non mais attends tu as vu cette bague ? C'est une merveille.

– Non la merveille c'est celle qui porte la bague, dit Etienne en rejoignant la conversation et en prenant sa femme dans les bras.

– Ca c'est parce que tu l'as connu à son apogée. Si tu l'avais vu jeune, tu ne dirais pas ça.

– J'ai vraiment bien fait de te choisir comme demoiselle d'honneur, répondit Amy en étant le plus sarcastique possible.

– Rien que pour ton enterrement de vie de jeune fille tu sais que tu ne pouvais pas faire un meilleur choix.

– Un jour il faudra qu'on parle de ce qu'il s'est passé à ton enterrement de vie de jeune fille mon cœur.

– Non je t'assure ça n'en vaut pas la peine mon amour, répondit Amy gêner. Il ne s'est rien passé qui vaille la peine d'être raconté.

– Alice ? interrogea Etienne.

– Il ne s'est rien passé que je puisse te raconter ici pour être exact.

Amy regarda Alice avec une expression d'interrogation et de d'incompréhension sur le visage.

– Je suis journaliste Amy, je relate les faits et expose la vérité au grand jour.

– Et moi je suis avocate. Je pourrais donc t'attaquer en justice pour diffamation.

Elles se regardèrent et explosèrent de rire avant de se prendre dans les bras. Étienne regarda Zach avec la même tête qu'Amy quelques secondes auparavant.

— Ne me regarde pas comme ça. Ça fait des années que j'ai arrêté d'essayer de les comprendre.

— Dites, vous avez vu Matt, reprit Amy l'air un peu plus grave.

— Je sais qu'il était là à la cérémonie. Je l'ai aperçu dans le fond de l'église. Il doit être quelque part.

— Ne t'inquiète pas chérie, il t'a promis d'être là. Il ne doit pas être loin.

— Oui, j'espère. Si vous le voyez, vous pouvez me l'envoyer ?

— Tu n'auras pas à attendre bien longtemps, dit Zach. Regarde au bar.

Le petit groupe se tourna en direction du bar et aperçut Matt un verre de whisky à la main dans un costume un peu trop grand. Probablement un prêt de dernière minute songea Alice. Il avait dû se rappeler du mariage au dernier moment et avait trouvé un costume en catastrophe.

— Je reviens, dit Alice.

Elle se fraya un chemin parmi la foule en évitant tout contact dans les yeux qui l'aurait obligé à passer ensuite aux échanges de banalités d'usage. Pour l'instant tout ce qu'elle voulait c'était parler à Matt.

– Tu sais que tu es craquant dans un costume, dit-elle en arrivant à sa hauteur.

– Merci, répondit Matt en se retournant. Cette robe te va pas mal aussi.

– Oh j'ai pris ce qui traînait dans mon dressing mais merci.

Ils rigolèrent en se prenant dans les bras. Amy savoura cette étreinte comme si elle retrouvait un proche qui était parti à l'étranger. Et elle était bien obligée de reconnaître que c'était un peu ça. Métaphoriquement du moins. Matt s'était un peu détaché des "fossiles" peu à peu. A dire vrai, il s'était même détaché de la vie en générale. Il avait enchaîné les galères les unes après les autres. Chômage, ruptures et malheureusement son addiction à l'alcool et à la cigarette qui ne faisait que s'aggraver avec le temps. Le groupe a bien évidemment tenté plusieurs interventions afin de lui venir en aide mais elle s'était toute soldée par un échec. Le quotidien faisant son travail ils avaient tous fini par avoir aussi leurs propres problèmes à gérer avant de tenter de sauver leur ami pour la cinquième fois.

— Tu as l'air heureuse.

— Comment ne pas l'être. Je viens de me marier à un homme merveilleux, on est entouré de tous nos proches et surtout "les fossiles" sont réuni et tu ne peux pas savoir comme ça me fait du bien.

— Presque réuni, répondit Matt l'air grave.

— Oui, presque, acquiesça Amy à contre-cœur. Et toi comment tu vas ?

– Oh moi tu sais comme d'habitude, dit-il en secouant son verre de whisky.

– Matt, tu sais qu...

– Je plaisante Amy, coupa-t-il. Ça va.

– Vraiment ?

– Oui vraiment, répondit-il en essayant d'être le plus convaincant possible.

– D'accord. Tu sais, je ne pensais pas que tu viendrais.

– C'est ton mariage quand même.

– Je sais mais on ne s'est pas vraiment parlé depuis..., elle hésita à finir sa phrase.

– Depuis que tu as représenté Jérémie à son procès, conclut Matt.

– C'est mon boulot.

– Sauver la peau de celui qui a gâché nos vies, tu appels ça un boulot ? Je pense surtout que tu essayes de te convaincre que ça fait partie de ton boulot parce qu'au fond tu sais que tu n'aurais pas dû le faire.

– Matt s'il te plaît. Pas aujourd'hui.

– Tu as raison, je suis désolé. Oh et je viens de me rendre compte que je ne t'avais pas félicité. Je suis content pour toi.

– Merci. Tu as vu les autres ?

– Non pas encore. Mais ne t'inquiète pas, j'irai.

*

Elle n'avait pas pu retenir ses larmes. Le discours d'Etienne l'avait foudroyé. Chaque mot l'avait touché droit au cœur. Le problème maintenant, se dit-elle, était de devoir passer après lui. Elle avait bien préparé un discours, mais pas à la hauteur de celui de son mari. Elle allait devoir improviser un peu. Après tout broder au dernier moment était un peu ce qu'elle faisait régulièrement dans son travail. Elle s'était plusieurs fois retrouvée en difficulté durant une audience. Au pied du mur devant un élément de dernière minute qui ne jouait pas en sa faveur et elle avait su trouver les mots et les arguments pour retomber sur ses pieds. Elle n'avait qu'à faire la même chose. Les invités seront les jurés et Etienne le juge. Il ne restait plus qu'à convaincre tout ce petit monde. Mais le micro à la main, face à son mari et la centaine d'invités elle stressait plus qu'avant les plus importantes de ses plaidoiries.

— J'ai passé des jours et des jours à rédiger ce discours, dit-elle en montrant la feuille de papier qu'elle avait en main. Et je pensais qu'il était parfait, qu'il exprimait ce que je ressentais. Mais maintenant que je dois le prononcer je m'aperçois qu'aucun mot que j'ai écrit sur ce bout de papier ne sera à la hauteur de tout mon amour. Aucune phrase, aucun discours ne pourra retranscrire tout ce que tu m'apportes depuis ces cinq dernières années. Tu es toute ma vie, je t'aimerai à jamais. Il y a ce soir parmi nous les personnes qui ont fait la femme que je suis aujourd'hui. Mes amis d'enfance. Ma deuxième famille. On nous appelait "les fossiles" quand on était au lycée. Je crois qu'on ne se l'est jamais avoué, mais on adorait ce nom. Sans eux je ne serais pas...

Amy eut un moment d'arrêt. Il lui avait semblé avoir vu dans la foule devant elle un visage qui ne lui était pas inconnu, mais qu'elle n'avait pas vu depuis des années. Un visage qu'elle regrettait.

– Excusez-moi, reprit-elle. Je disais donc que sans eux, je ne serais pas là devant vous aujourd'hui. Et je tenais à leur dire merci et à quel point je les aime, mais que j'étais désolé parce qu'à partir d'aujourd'hui, j'aime mon mari bien plus que vous.

La salle se mit à rire et Amy aperçut Etienne essuyer une larme sur sa joue. Mission accomplie se dit-elle.

— Plus sérieusement, vous avez fait de moi ce que je suis et Etienne fait de moi ce que je serais. C'est à dire une femme accomplie et amoureuse. Je t'aime.

Amy sauta dans les bras de son mari sous un mélange d'applaudissements et de larmes. Applaudissements qui redoublèrent d'intensité lorsque le couple échangea un baiser.

*

— Arrête de mentir, je t'ai vu pleurer.

— Mais n'importe quoi, se défendit Zach. C'est mon allergie.

— Ton allergie ? Te fous pas de moi, tu n'as jamais été allergique à quoi que ce soit, renchérit Alice.

– Oui bon j'ai pleuré et alors. Excuse-moi d'avoir un cœur. C'est pas ma faute si tu es dépourvu de sentiment toi.

– Si ça peut te rassurer j'ai presque failli pleurer moi aussi , intervient une voix derrière eux.

– Matt ! cria Alice en lui sautant dans les bras.

– Et bah. Moi aussi, je suis content de te voir.

– Salut mon pote, dit Zach en le prenant dans ses bras à son tour.

– J'ai eu peur que tu...

– Que je ne vienne pas, oui je sais. Ça a l'air d'être une pensée à la mode.

– Tu peux pas nous en vouloir. Tu es quand même devenue le spécialiste de la fuite.

– Je ne fuis pas je me protège. Et c'est son mariage. C'est le meilleur moment pour tourner la page tu ne crois pas ?

– Tu lui en veux encore ? demanda Zach

– Je ne sais pas. J'essaye de ne plus lui en vouloir en tout cas.

– C'est son travail Matt. Elle ne pouvait pas faire autrement.

– Si Alice. Elle pouvait refuser. Rien ne l'obligeait à le défendre.

– Mais il était innocent.

– Cette fois-là peut-être mais pas avant.

– Sauf que ça ne rentre pas en ligne de compte.

– Bah voyons. Vous avez peut-être réussi à passer à autre chose, à tourner la page ou faire comme si rien ne s'était passé, mais pas moi. Ça m'a détruit. Il nous a pourris la vie au lycée, il nous traumatisait, il nous harcelait. Pas seulement nous. Et ça c'est terminé par un drame. Je suis une victime collatérale de tout ça. J'ai peur et je m'en veux. J'aurais dû faire quelque chose, on aurait tous dû faire quelque chose.

– Oui probablement, répondit Alice. Tu as raison, on aurait dû faire quelque chose, mais on était jeune et on avait peur. On va devoir vivre avec ça. Toi comme nous. Tu n'es pas le seul à t'en vouloir mais on doit faire avec. Sinon ça nous détruira.

– Ça m'a déjà détruit.

– Arrête de boire pour commencer. Tu en es à combien de verres ?

– Je ne sais plus. J'ai perdu le compte à huit. J'ai...

Les larmes qui commençaient à couler sur ses joues l'empêchaient de finir sa phrase. Il s'effondra dans les bras d'Alice.

– Je suis désolé.

– Je sais, tenta de réconforter Alice. On le sait tous. Écoute on met ça de côté pour ce soir et on en parle demain d'accord ? Demain on parle et on s'occupe de tout ça.

– D'accord. J'ai vraiment envie d'y arriver cette fois.

– Alors on y arrivera.

Le trio se fit une accolade comme pour valider cet accord.

– Au moins je suis plus le seul à avoir pleurer maintenant, dit Zach. Alice regarda Zach l'air blasé.

*

Elle avait parlé à presque tous les invités et s'était retrouvée prisonnière de dizaine de conversations soporifiques, mais Amy n'avait toujours pas retrouvé la personne qu'elle cherchait. Le visage qu'elle avait vu pendant son discours l'obsédait. Elle devait retrouver cette personne.

– C'est moi que tu cherches ?

Amy sursauta et se retourna pour faire face au responsable de sa peur.

– Eléa ?!

– Salut.

– Tu as changé.

– Toi aussi. On vieillit tous qu'est-ce que tu veux. Le temps ne m'a pas épargnée non plus.

– Je... Mais... Viens avec moi.

Amy prit la direction des toilettes, suivie de près par Eléa. Elles entrèrent et Amy vérifia qu'elles étaient seules en ouvrant les portes de chaque toilette et bloqua le verrou de la porte d'entrée.

– Qu'est ce que tu fais là ?

– C'est toi qui m'as demandé de te suivre.

– Arrête !

– Oh tu veux dire qu'est ce que je fais à ton mariage alors que je n'ai pas été invité ?

— Ne dis pas n'importe quoi s'il te plaît.

— Tu pensais vraiment que j'allais louper le premier mariage d'un des "fossiles" ? Bon, c'est vrai qu'on ne s'est pas revu depuis que tu m'as chassé de ta vie, mais tu avais raison. J'étais égoïste et un peu drama queen sur les bords. En bref je me suis dit qu'aujourd'hui était le jour idéal pour venir m'excuser et te dire que tu me manques.

— Tu me manques aussi.

— Je suis désolé.

— Moi aussi. J'aurais jamais dû te parler comme ça.

— C'est rien. Je comprends. Je peux être envahissante parfois.

— Oublie ça. Je t'ai déjà suffisamment perdu. Et puis aujourd'hui, c'est ma journée et ça n'aurait pas été pareil si je ne t'avais pas vu.

— Et Etienne ? C'est un peu sa journée à lui aussi.

— Non non. Lui, il avait juste à venir et à dire oui. C'est fait, maintenant laisse moi profiter.

Troisième partie

2022

Chapitre 10

La fin du chemin

Il était décidé à ne pas en rester là. Hier, déjà, il avait capitulé, mais aujourd'hui, il ne se laissera pas faire. Cette foutue machine lui donnera la canette qu'il venait de payer même s'il devait la rouer de coups.

— Tu t'es encore fait voler ta pièce ?

— Ce distributeur aura ma peau.

— Ça tombe bien, on est dans un hôpital, les secours sont déjà sur place.

— Tu sais Alice, après toutes ces années, je ne me suis toujours pas habitué à ton sens de l'humour, répliqua Zach.

— Pour un psychiatre tu es quand même facile à déstabiliser.

Alice donna un coup de pied sur le côté du distributeur de boissons et la canette que Zach avait demandé tomba dans le bac.

— Je t'en prie, dit-elle avec un sourire triomphant.

— Bon quand tu auras fini de fêter ta victoire on pourra peut-être y aller.

— On n'attend pas Amy ?

— Elle y est déjà.

Alice et Zach traversèrent l'intégralité du couloir jusqu'à la chambre 260. Depuis une semaine, ils venaient ici tous les jours presque à la même heure. Ils s'étaient promis de garder le sourire à chaque visite, mais cela devenait de plus en plus difficile chaque jour. En entrant dans la chambre ce jour-là, ils sentaient que ça serait presque impossible.

— Salut mon grand, dit Alice en s'approchant du lit. Alors comment tu vas aujourd'hui ?

– Il est très fatigué, répondit Amy. Il a à peine la force de parler.

Elle était assise à côté du lit et tenait fermement la main de Matt. Elle lui serrait la main comme pour l'empêcher de partir. Elle savait que ces jours difficiles finiraient par arriver. Elle pensait s'y être suffisamment préparée, mais elle avait fini par se rendre compte que l'on n'est jamais réellement prêt à affronter une telle épreuve. Matt leur avait annoncé il y a cinq mois qu'il était rongé par un cancer. Il n'avait pas fallu longtemps à cette maladie pour venir à bout de lui. Il payait le prix de son style de vie. Il s'était détruit à petit feu. Ce feu était aujourd'hui devenu un incendie. Allongé sur ce lit d'hôpital depuis une semaine, Matt se laissait partir. Il avait eu le choix entre mourir chez lui ou mourir dans cette chambre froide et terne. Il se sentait plus à l'aise dans cette pièce que dans n'importe quelle autre pièce de son appartement. Les médecins faisaient donc tout leur possible pour l'accompagner et rendre son départ le plus confortable possible. Alice se souvient encore du moment où le docteur avait utilisé cette expression pour leur expliquer la situation. Elle s'était retenue de faire une blague sur la literie de l'hôpital. Maintenant, elle regardait Matt qui physiquement n'était plus celui avec qui elle avait grandi. Le cancer l'avait rongé aussi de l'extérieur.

– Je vais bien, essaya de rassurer Matt. Je ne serais pas très bavard aujourd'hui c'est tout.

Il parlait d'une voix à peine audible. S'exprimer lui demandait un effort considérable et sa voix avait trop souffert de ses excès passés associée au cancer pour supporter d'être trop sollicitée.

– Ça tombe bien, tu n'as jamais vraiment rien eu d'intéressant à dire, tenta de plaisanter Alice.

Matt esquissa un sourire qui se transforma en petit rire presque silencieux.

– Vous n'êtes pas obligé de venir tous les jours vous savez.

– Bien sur que si ne soit pas idiot, répondit Alice.

– Vous avez vos vies, vos boulots, vos familles. Ne vous en faites pas pour moi. Vous vous êtes assez inquiétés comme ça pour moi.

– Et on continuera à s'inquiéter aussi longtemps qu'il le faudra.

– Merci.

– Pour quoi ?

– Pour tout. Merci d'avoir toujours été là même quand c'était difficile de rester à mes côtés. Merci d'avoir été plus têtu que moi.

– Tu n'as pas à nous remerc...

– Non Amy s'il te plaît laisse moi finir. Je vous dois au moins ça. De vrais remerciements. Je pensais vraiment pouvoir arriver à me sortir de tout ça. Surtout après ton mariage Amy. J'y croyais vraiment. Mais il faut croire que c'était plus fort que moi. Alors merci à vous "les fossiles".

Aucun n'osait pleurer le premier. Chacun attendait qu'un autre craque en premier. Pas par fierté, mais pour respecter la promesse de toujours garder le sourire devant Matt.

– C'est normal mon pote, reprit Zach. Tu en aurais fait autant pour nous. Alors merci, mais tu n'avais pas besoin de nous remercier.

– Je peux vous demander un service ?

– Evidemment.

– Je suis un peu fatigué, ça vous dérange si je me repose un peu.

– Bien sûr que non. Repose toi. On va rester un peu avec toi le temps que tu t'endormes. Ferme les yeux, on veille sur toi.

Matt ferma les yeux et un sourire se dessina sur son visage. Amy voulut croire qu'à cet instant-là Matt se sentait heureux. Qu'il se sentait bien et en paix. Mais elle ne pouvait en être sûr. Ils restèrent tous les trois silencieux et lorsque qu'ils étaient certains que Matt s'était endormi, la promesse fut rompue.

Chapitre 11

Le départ

Il avait rêvé, il en était certain. Mais de quoi avait-il rêvé ? C'était trop flou dans sa tête pour pouvoir le dire. Mais il n'avait pas rêvé depuis longtemps. Très longtemps. En ouvrant les yeux, il vit que la nuit commençait à tomber. La chambre était principalement éclairée par les appareils médicaux et les réverbères à l'extérieur. Mais elle était suffisamment lumineuse pour qu'il puisse distinguer une personne assise près de son lit. Qui pouvait bien lui rendre visite à cette heure ? Encore une question à laquelle il n'avait pas de réponse. Du moins pour l'instant.

– Qui est là ? s'entendit-il dire d'une voix bien audible qui le surprit lui-même.

– A ton avis. Qui veux-tu que ce soit ?

– Eléa ?

– Gagné.

– Qu'est-ce que tu fais là ?

– Tu as encore beaucoup de questions débiles comme ça en stock ?

Matt ne répondit rien et fixa son amie les yeux humides.

– Je suis venu te voir avant ton grand départ Matt. Après tout, tu t'apprêtes à me rejoindre, c'est pas rien.

– Comment ça ?

– Tu sais très bien ce que je veux dire.

– Ca fait des années que tu n'es pas venu me voir. Quand j'étais au plus mal, tu n'étais pas là. Quand j'avais besoin de toi tu n'as pas été là.

– Je ne pouvais pas venir te voir si tu ne me laissais pas entrer. Ce n'est pas moi qui décide.

– Pourquoi tu as fait ça Eléa ? Regarde où ça m'a mené. Je n'ai jamais pu m'en remettre. Alors s'il te plaît réponds moi. Pourquoi tu as fait ça au lieu de venir nous parler ?

– Pourquoi j'ai fait quoi ?

– Pourquoi tu t'es suicidé ?

Chapitre 12

1996

Elle courait à en perdre haleine.
Même lorsque ses jambes avaient
commencé à lui faire mal, elle n'avait
pas ralenti. Le froid de cet après-midi
de décembre n'avait pas d'emprise
sur elle. Elle courait sans rien voir
devant, ses yeux étaient remplis de
larmes et elle ne distinguait plus que
des formes désormais. Elle avait évité
de justesse plusieurs passants et
s'était tapée une ou deux poubelles
mais elle courait encore plus vite. Eléa
savait qu'elle pourrait courir aussi vite
et aussi longtemps qu'elle pouvait,
elle ne pourrait pas fuir suffisamment
pour échapper à ce qui la faisait courir
ainsi. Elle avait pris sa décision et

c'est ce qui l'a poussé à partir du lycée en plein milieu de la journée en séchant ainsi la moitié de ses cours. Ce qui avait été l'élément déclencheur n'était qu'une broutille par rapport à tout le reste, mais ce fût, comme on dit, la goutte d'eau qui avait fait déborder le vase. Tout le long du trajet, elle repensa à ce coup d'épaule qui la fit percuter les casiers avant de tomber sur le sol. Ce coup d'épaule qui fut l'électrochoc lui faisant comprendre que rien de tout ça ne s'arrêtera jamais. Voir les autres élèves autour d'elle se moquer en la montrant du doigt au lieu de l'aider à se relever avait fini de la convaincre. Cela ne pouvait qu'empirer, il fallait que ça s'arrête. Eléa arriva devant chez elle et fut soulagée de constater que la voiture de sa mère n'était pas là. Elle avait donc la maison pour elle toute seule et le champ libre pour passer à l'action. Elle entra et enleva ses chaussures. Sa mère détestait que l'on rentre dans la maison avec ses chaussures. Eléa s'étonna d'avoir gardé le réflexe de les enlever dans un moment pareil. Elle monta les marches toujours en courant, entra dans sa chambre et claqua la porte derrière elle. Ce n'est qu'à cet instant qu'elle se sentit enfin en sécurité. Ses nerfs lâchèrent complètement et elle s'effondra sur le sol noyée dans une crise de larmes. Elle n'arrivait plus à enlever ses images de sa tête. Des mois de persécutions, d'insultes et de moqueries de mauvais goût lui encombraient l'esprit. Elle ne pouvait plus lutter. Elle voulait que tout s'arrête. Elle ne voulait plus souffrir. Mais d'abord, Eléa devait évacuer toute cette haine et toute cette colère. Elle voulait partir le cœur et l'esprit vider. Elle se releva, se jeta sur son bureau et sortit son journal intime du tiroir où il reposait religieusement à l'abri de sa mère. Même si elle était persuadée qu'elle avait bien fini par tomber dessus les jours où elle faisait le grand ménage dans sa chambre pendant qu'elle était en cours. Elle ouvrit son journal et s'arma d'un stylo. Eléa s'apprêtait à écrire ses dernières pensées, ses derniers mots.

"Ça y est. C'est le bout du chemin. Je n'ai plus la force de me battre. Je n'ai plus la force de vivre. Aujourd'hui aura été le jour du coup de grâce. C'est curieux de voir que celui-ci n'est en fait que la chose la plus facile à supporter. Mais il faut croire qu'il n'en fallait plus beaucoup pour finir de me détruire. Je ne compte plus les pages que j'ai remplies dans ce journal pour raconter ma douleur. Les insultes dans les couloirs, les moqueries, les intimidations, les vols, les menaces et par moment les coups. Jérémie et sa bande m'ont tué à petit feu. Et ce feu est devenu un incendie que je n'arrive plus à éteindre. Montrer à votre agresseur qu'il vous fait mal et qu'il vous touche alors il ne vous lâchera plus. C'est ce que j'avais *appris lors d'une formation contre le harcèlement que le lycée avait organisé. Sauf que je n'ai plus la force de les ignorer et encore moins de les combattre. En parler à mes parents n'aurait fait qu'aggraver les choses. Et est-ce qu'ils m'auraient cru d'abord. Peut-être. Si les fossiles m'avaient suivi alors peut-être qu'ils m'auraient cru. Parce qu'eux aussi subissent la même chose que moi. Mais ils ont la force nécessaire pour affronter tout ça et vivre malgré tout. Je ne suis pas aussi forte qu'eux. Les abandonner sera la chose la plus difficile dans tout ça. C'est grâce à eux que j'ai tenu bon jusque là. Mais aujourd'hui, je lâche prise. Je veux que ça s'arrête. Je ne veux plus vivre la peur au ventre. Je ne veux plus souffrir."*

Eléa lâcha son stylo comme un guerrier rendrait les armes. A bout de forces. Elle referma son journal et le rangea à sa place bien à l'abri dans son tiroir en se disant que cette-fois ci ça ne serait peut-être pas si grave si sa mère tombait dessus. Elle essaya de ne plus penser à quoi que ce soit. Elle sentait que si elle laissait son esprit vagabonder, elle risquait de perdre du temps ou de trouver un prétexte qui lui servirait d'excuse pour ne pas mettre en œuvre ce qu'elle voulait faire. Non, ce qu'elle devait faire plus exactement. Il n'était pas question de vouloir, mais de nécessité. D'un pas décidé, Eléa traversa le couloir et entra dans la salle de bain. Après avoir fouillé tous les placards elle tomba enfin sur ce qu'elle recherchait. Elle prit une lame de rasoir neuve dans les affaires de son père et ouvrit le robinet d'eau de la baignoire avant de s'allonger dedans encore habillé. Eléa resta un moment à regarder l'eau la recouvrir petit à petit. La recouvrir comme si elle était en train de l'effacer. De la faire disparaître. Une fois le corps sous l'eau, elle arrêta le robinet. Sa dernière pensée était qu'elle s'étonna du fait de ne pas pleurer. Aucunes larmes, aucun chagrin face à ce qu'elle s'apprêtait à faire. Elle prit ça comme un signe d'avoir pris la décision qu'il fallait. Elle était prête. Eléa serra la lame de rasoir de toutes ses forces et regarda son poignet gauche. Elle allait arrêter de souffrir.

Chapitre 13

Révélations

Matt fixait toujours Eléa, ou du moins ce qu'il refusait d'appeler son fantôme, en attendant une réponse à sa question.

— Réponds-moi s'il te plaît. J'ai besoin de savoir.

— De savoir quoi ?

— Si... on aurait pu faire quelque chose ? Si moi et les autres nous sommes en partie coupables de ça ?

— Le fait que tu imagines me voir prouve bien que tu te sens coupable. Ça ne veut pas dire que tu l'es. Mais que tu vis avec l'idée de l'être.

— On aurait pu t'aider Eléa. On est là pour ça. On est... On était amis.

– Vous n'aurez rien pu faire.
Rassure-toi, tu peux partir l'esprit
tranquille Matt. Vous n'êtes pas
responsable de mon suicide.

– Merci, j'avais besoin de l'entendre.

– Je sais.

– Pourquoi ne pas me l'avoir dit plus
tôt alors. Je suis là, dans cet état en
partie à cause de ce qu'il s'est passé
ce jour-là. Ca m'a détruit moi aussi.

– C'est à toi qu'il faut poser cette
question. Je suis morte Matt. Je ne
suis pas vraiment là. C'est toi qui me
vois ici, je ne suis que ce que tu
imagines ou ce que tu veux voir. Donc
si tu m'avais posé cette question plus
tôt, je t'aurais répondu. Mais tu n'étais
pas prêt avant.

– Maintenant oui ?

– Et bien tu me l'as posé cette
question, donc oui j'imagine.

Matt se sentait à la fois désemparé
et soulagé. Libérer d'un poids qu'il
traînait depuis des années.

– Et maintenant ? reprit-il. Qu'est-ce qu'il va se passer ? Je vais aller au paradis ou une connerie du genre ?

– Ca j'en sais rien.

– C'est douloureux quand on part ?

– Je ne sais pas non plus.

– Bon est-ce qu'il y a quelque chose que tu sais alors ? s'amusa Matt

– Oui. Je sais que maintenant je vais partir. Tu n'as plus besoin de moi.

– Non, reste encore un peu s'il te plaît. Au moins jusqu'à ce que je...

Matt hésita sur la façon de finir sa phrase. Formuler ce qu'il avait en tête lui fit soudain peur.

– Jusqu'à ce que tu t'endormes, reprit Eléa.

– Oui c'est ça. jusqu'à ce que je m'endorme.

– Très bien. Ferme les yeux alors et repose toi. Tu en as besoin.

Matt ferma les yeux et se laissa partir doucement. Il n'avait plus ressenti cette sensation de liberté depuis très longtemps. Il sentit Elèa, debout à côté de lui, partir elle aussi petit à petit jusqu'à sombrer dans le noir total.

Chapitre 14

Le temps des au revoir

Amy se réveilla en sursaut et faillit tomber du canapé. Il lui fallut quelques secondes pour se souvenir qu'elle avait voulu boire un verre de vin avant d'aller se coucher. Etienne n'avait pas cherché à l'en dissuader et s'était retenu de poser la moindre question. Il sentait que sa femme avait besoin d'être seule. Il lui avait déposé un baiser sur le front et elle en retour l'avait serré de toutes ses forces dans ses bras. Elle avait pris un verre, puis un deuxième et un troisième. Sans s'en rendre compte, elle avait bu les trois-quart du hautes-côtes-de-nuit.

– Pas étonnant que tu te sois effondré, se dit-elle en regardant la bouteille sur la table basse.

Elle trouva la force de se lever et fut satisfaite de constater que son salon ne tournait pas. Elle tenait mieux l'alcool qu'elle ne l'avait cru. Amy se dirigea vers la cuisine, mais s'arrêta à l'entrée de la pièce.

– Ce n'est que moi, dit une voix qui venait de devant le réfrigérateur.

Amy alluma la lumière de la cuisine et vit Eléa au milieu de la pièce.

– J'aurais dû me douter qu'avec tout ce que j'ai bu hier soir, j'allais finir par te voir ?

– Tu n'as pas toujours eu besoin de boire pour ça.

– Tu sais en fait, je n'ai jamais compris comment ça fonctionnait.

– Quoi donc ?

– Toi. Je n'ai jamais compris comment ni pourquoi je te voyais.

– Tu dois bien avoir une idée du pourquoi je pense.

– Oui, répondit Amy après avoir pris le temps d'y réfléchir. Je suis désolé.

– Je sais. Mais tu ne devrais pas l'être.

– Bien sûr que si.

– Amy, tu n'as aucune raison d'être désolé crois moi. Tu n'aurais pas pu l'empêcher. Aucun de vous n'aurait pu. Tout ce qui compte maintenant, c'est que tu tournes la page.

– Mais j'ai tourné la page. Ça ne veut pas dire que je t'ai oublié, mais je vais de l'avant, rétorqua Amy en cherchant une bouteille d'eau dans le réfrigérateur.

– Si tu veux mon avis, le fait que je sois encore là prouve que tu n'as beaucoup avancé.

Amy resta silencieuse devant la porte ouverte de son frigo. Elle avait pris la remarque de son amie morte comme un uppercut. Depuis tout ce temps, elle était persuadée d'avoir réussi à gérer ce drame. Elle se félicitait même secrètement d'être celle qui s'en sortait le mieux parmi tous les "fossiles". Toute cette assurance venait d'être ébranlée en une phrase. Eléa avait raison. Si elle avait effectivement réussi à tourner la page, pourquoi est-ce qu'elle voyait toujours le "fantôme" de son amie.

– C'est pas grave tu sais, reprit Eléa. Tu n'as pas à en avoir honte. Personne ne peut sortir indemne d'une histoire pareille.

– Mais alors cette dispute c'était pour ça ! s'exclama Amy

– De quoi tu parles ?

– Notre dispute chez Matt. La dernière fois que je t'ai vu avant mon mariage.

– Ah oui. Tu t'es imaginé cette dispute pour trouver une raison de ne plus me voir. C'était plus simple pour toi de nous imaginer fâchées plutôt que d'avoir à affronter le fait que tu voyais une amie morte. Et donc que tu n'allais pas bien.

– Jusqu'au jour de mon mariage où j'avais inconsciemment besoin que tu sois là.

– Je suppose oui.

– Je ne veux plus te laisser partir.

– Il faudra bien pourtant. Et puis tu as déjà commencé.

– Comment ça ?

– Le fait qu'on en parle là maintenant c'est pas anodin. Tu t'avoues enfin les choses. Tu es prête à avancer.

– Non, s'opposa Amy. Je ne veux plus te perdre. Je ne te laisserai pas partir.

– Amy, je suis déjà parti. Je suis morte il y a 26 ans. Mais tu ne me perdras pas. Je serais toujours une patrie de vous. Je serais toujours un "fossile".

– Tu me manques. Tu nous manques.

– Vous aussi. Mais tout ira bien maintenant ne t'inquiète pas.

– Chérie ça va ? Je peux savoir à qui tu parles ?

Amy se retourna et vit Etienne dans l'entrée de la cuisine vêtu de son pyjama, les cheveux en bataille et le regard inquiet.

– A une vieille amie, répondit elle avec un grand sourire

– A une... quoi ? Tu es certaine que tu vas bien ?

– Maintenant oui j'en suis sûr. Viens allons nous recoucher.

Amy et et Etienne regagnèrent leur chambre. Il regardait sa femme l'air inquiet en se demandant si il avait réellement compris ce qu'elle lui avait dit. Soudain, Amy prit la direction de son bureau.

– Où est-ce que tu vas ? s'inquiéta Etienne

– Il faut que je récupère quelque chose dans mon bureau.

– A cette heure là ? Ca ne peut pas attendre demain ?

– Non. Retourne te coucher, je reviens très vite c'est promis, essaya de rassurer Amy.

En entrant dans la pièce, Amy savait exactement où trouver ce qu'elle cherchait. Elle ouvrit le tiroir de son bureau et en sortit une enveloppe. Elle glissa la main à l'intérieur et en sortit un vestige d'une époque lointaine. Elle tenait dans sa main un vieux cadeau qu'un de ses meilleurs amis lui avait fait. Elle se dit que demain, elle devrait trouver son vieux walkman pour écouter cette cassette qui portait le titre "les divisions de la joie".

*

Zach était allongé sur son canapé les yeux fermés et il se laissait bercer par la voix profonde de Tom Smith qui sortait à plein volume des haut-parleurs. C'est une des choses qu'il appréciait dans le fait de vivre dans une maison à l'écart de tout. Il pouvait écouter ses disques en pleine nuit sans se soucier des voisins. Lorsque les dernières notes de "Nothing" avaient fini de remplir la pièce, le diamant quitta le sillon du vinyle et Zach se leva afin de changer de disque. Il range soigneusement le premier disque dans sa pochette et posa le deuxième sur la platine. Lorsque le diamant entra en contact avec le disque en émettant ce petit craquement si particulier Zach ressentait toujours la même chose. Un mélange de bien-être et de liberté. Comme si les notes qui allaient s'échapper de cette galette pouvaient l'emmener dans un grand voyage. Et lorsque que "The phone book" résonna dans le salon, il se rendit compte que c'était un peu le cas.

— Je te proposerais bien à boire mais ça serait inutile, dit-il en fixant le diamant qui parcourait le vinyle.

— Merci quand même, répondit Eléa.

— Je boirais pour toi alors, chuchota Zach en se servant deux verres de whisky.

— Tu es sûr que c'est une bonne idée ?

— Je suis sur le point de perdre mon meilleur ami et je raconte ça au fantôme d'une autre meilleure amie que j'ai perdue il y a plus de vingt ans. Alors oui c'est une bonne idée.

— Zach ne te punit pas s'il te plaît.

— Il faut que je te laisse t'en aller. Je ne peux plus me torturer avec cette histoire.

— Je ne te l'ai jamais demandé.

— Je sais. Mais tu pensais vraiment qu'on n'en souffrirait pas ?

– Honnêtement je n'y ai pas pensé.

– Je pense qu'on est tous morts ce jour-là. Tous les cinq. On est mort en même temps que toi.

– Alors vous allez devoir renaître.

– Et comment on fait ça ?

– Tu l'as dit toi-même. Il faut que tu me laisses partir. Arrête de regarder en arrière et va de l'avant.

– Je ne veux pas t'oublier.

– Mais je ne veux pas que tu m'oublies. Je veux que tu arrêtes de t'accrocher à moi comme à une bouée. Lâche prise.

– Et si je me noie.

– Tu n'es pas tout seul. Elles seront là pour te rattraper.

– Amy et Alice.

– Oui. Vous êtes une famille ne l'oubliez pas.

– Tu sais quoi ? Tu as raison, c'est peut-être pas une bonne idée de boire ces deux verres.

Zach alla à la cuisine pour vider ses deux verres dans l'évier. Il les rinça et les posa sur l'égouttoir avant de revenir dans le salon.

– Dis moi tu sais...

Zach laissa sa phrase en suspens. Il parlait tout seul désormais. La pièce était vide. Eléa était partie.

*

– Tu n'arrives pas à dormir ?

– Non, répondit Alice. Je t'attendais. J'étais certaine de te voir ce soir.

Alice était assise sur son lit les jambes en tailleur le regard impassible. Après quelques secondes de silence, elle tourna enfin la tête vers Eléa.

– Promets-moi qu'il ira bien, implora-t-elle.

– Qui ça ? Matt ?

– Oui. Je ne sais pas si tu existes vraiment ou si tu es seulement dans ma tête mais s'il te plaît promets moi que tu veilleras sur lui. Ne fais pas la même erreur que nous.

– Quelle erreur ?

– On t'a abandonné.

– Vous ne m'avez pas abandonné.

– On se connaissait par cœur et on n'a pas su voir les signaux que tu avais envoyés. J'appelle ça de l'abandon.

– Alors ne fais pas pareil avec toi-même. Ne te laisse pas tomber.

– Je ne sais même pas si tu es réel. Et le plus drôle, c'est que depuis toutes ces années, c'est la première fois que je me pose la question.

– Est-ce vraiment important ?

– J'en sais rien. Je ne sais plus ce qui est vraiment important.

– Vivre. Ça c'est important. Et vis pleinement parce que tout le temps que tu perds à regarder en arrière c'est le présent que tu laisses filer. Si c'est ce passé là qui a fait de toi ce que tu es aujourd'hui ne le laisse pas faire de toi ce que tu seras demain.

– Tu as toujours eu du talent pour trouver des formules pompeuses, s'amusa Alice.

Les deux amies se regardèrent et éclatèrent de rire. Après ces quelques secondes qui firent redescendre la tension, Alice reprit un air solennel.

– Je ne sais pas si tu en as le pouvoir mais s'il te plaît promets moi de veiller sur Matt là où il sera.

Eléa hésita un instant.

– Je tacherais, finit-elle par répondre.

La sonnerie du téléphone d'Alice retentit dans la chambre, ce qui l'a fit sursauter. Elle se pencha vers la table de chevet pour attraper l'appareil et se retourna vers Eléa pour lui demander de l'excuser, mais elle était désormais seule dans sa chambre. Elle se sentait remplie d'une immense tristesse, mais libérée d'une croix qu'elle portait depuis beaucoup trop longtemps. Le portable vibrait toujours dans sa main. Elle baissa les yeux et reconnut le numéro. Elle savait avant même de décrocher la raison de cet appel. Un hôpital vous appelle rarement en plein milieu de la nuit pour vous annoncer une bonne nouvelle. Elle fixa ce maudit téléphone et finit par décrocher les larmes aux yeux.

Chapitre 15

Les instants d'innocence

Septembre 1996. Une rentrée des classes comme une autre. Ou presque. Une rentrée particulière pour certains. Ce matin-là cinq amis se sont réveillés, prêts à commencer une année qui sera leur dernière tous ensemble. Eléa, Matt, Alice, Zach et Amy. "Les fossiles". Ils se sont promis de profiter de cette année comme si c'était la dernière de leur vie. Ils se sont juré d'être amis pour la vie et que rien ne pourrait les séparer. Ils s'étaient retrouvés ce matin là heureux et plein d'espoir. Parce qu'après tout à 17 ans qu'est ce qu'il peut bien vous arriver ? Ce sont des instants d'innocence.